ASCO
Thomas Bernhard
em San Salvador

Horacio Castellanos Moya

ASCO
Thomas Bernhard
em San Salvador

Tradução
ANTÔNIO XERXENESKY

Posfácio
ADRIANA LUNARDI

Rocco

Título original
EL ASCO
THOMAS BERNHARD EM SAN SALVADOR

© Horacio Castellanos Moya, 1997, 2007

Edição brasileira publicada mediante acordo com
Tusquets Editores, Barcelona, Espanha.

Direitos para a língua portuguesa reservados
com exclusividade para o Brasil à
EDITORA ROCCO LTDA.
Av. Presidente Wilson, 231 – 8º andar
20030-021 – Rio de Janeiro – RJ
Tel.: (21) 3525-2000 – Fax: (21) 3525-2001
rocco@rocco.com.br
www.rocco.com.br

Printed in Brazil/Impresso no Brasil

coordenação da coleção
JOCA REINERS TERRON

preparação de originais
JULIA WÄHMANN

CIP-Brasil. Catalogação na fonte.
Sindicato Nacional dos Editores de Livros, RJ.

C344a	Castellanos Moya, Horacio, 1957- Asco: Thomas Bernhard en San Salvador/Horacio Castellanos Moya; tradução de Antônio Xerxenesky. – Rio de Janeiro: Rocco, 2013. (Otra língua) 14 cm x 21 cm Tradução de: El Asco – Thomas Bernhard en San Salvador. ISBN 978-85-325-2825-4 1. Ficção latino-americana. I. Xerxenesky, Antônio, 1984-. II. Título. III. Série.
13-0048	CDD–860 CDU–821.134.2(7/8)

Sumário

Advertência 9

Asco 11

Nota do autor 99

A *happy hour* de Moya
por Adriana Lunardi 105

Para Tânia

Para José Luis Perdomo O.

ADVERTÊNCIA

Edgardo Vega, o personagem central desta história, existe de fato: reside em Montreal com um nome diferente – um nome saxão que também não é Thomas Bernhard. Ele me contou suas opiniões com muito mais ênfase e crueza do que pus no livro. Optei por suavizar os pontos de vista que poderiam escandalizar certos leitores.

ASCO

Que bom que você veio, Moya, eu tinha minhas dúvidas se você viria, porque muitas pessoas da cidade não gostam deste lugar, tem gente que detesta o local, Moya, por isso não tinha certeza se você viria, me disse Vega. Gosto muito de, com o final da tarde, sentar no pátio e tomar umas doses de uísque, tranquilamente, escutando a música que peço a Tolín, me disse Vega, ao invés de sentar no balcão, lá dentro, é muito quente lá dentro, o melhor é aqui fora, com um copo de uísque e o jazz que Tolín coloca. É o único lugar onde me sinto bem nesse país, o único lugar decente, as outras cervejarias são uma imundície, abomináveis, cheias de pessoas que bebem cerveja até arrebentar, não consigo entender, Moya, não consigo entender como essa raça bebe essa cerveja nojenta com tanta gana, me disse Vega, uma cerveja nojenta, feita para animais, que só dá diarreia, e é o que as pessoas aqui bebem, e o pior é que sentem orgulho de beber essa porqueira, são capazes de matar você caso diga que aquilo é uma porqueira, água suja, não é cerveja, em nenhum lugar do mundo aquilo seria considerado cerveja, Moya, você sabe tão bem quanto eu, é um líquido asqueroso, são apaixonados pela cerveja por ignorância, me disse Vega, são tão ignorantes que bebem essa porqueira com orgulho, e não com um orgulho qualquer, e sim com um orgulho de nacionalidade, com orgulho de quem está bebendo a melhor cerveja do mundo, porque a Pilsen salvadorenha é a melhor cerveja do mundo, não é uma porcaria que só dá diarreia como qualquer pessoa em sã consciência pensaria, e sim a melhor cerveja do mundo, porque essa é a principal característica dos povos ignorantes, consideram o seu miasma o melhor do mundo, são capazes de matar você caso negue que o miasma deles, a cerveja imunda e diarreica, é o melhor do mundo, me disse Vega. Gosto desse lugar, não é nem um pouco parecido com esse horror de cervejarias onde vendem essa porcaria de cerveja que aqui bebem com tanta devoção, Moya, este lugar tem personalidade própria, uma decoração para pessoas minimamente sensíveis, ainda que se chame O Lume, ainda que à noite seja horrível, insuportável por causa da baderna dos grupos de rock, pelo ruído dos grupos de rock, pelo desejo perverso de incomodar os outros que esses grupos de rock têm. Mas, a esta hora da tarde, gosto do bar, Moya, é o único lugar que posso ir, onde ninguém me incomoda, onde ninguém se mete comigo, me disse Vega. Por isso marquei de encontrar você aqui, Moya, O Lume é o único lugar de San Salvador onde posso beber, e só por um par de horas, entre cinco e sete da tarde, só duas horas e deu, depois das sete o lugar fica insuportável, o lugar mais insuportável possível, por causa do barulho das bandas de rock, tão insuportável como as cervejarias cheias de pessoas que bebem com orgulho aquela cerveja suja, me disse Vega, mas agora podemos conversar tranquilamente, entre as cinco e as sete não vão nos incomodar. Faz uma semana que venho todos os dias aqui, entre cinco e sete da tarde, e por isso decidi marcar com você aqui, preciso conversar com você antes de partir, preciso dizer o que penso de toda essa imundície, não tem ninguém mais a quem eu possa relatar as minhas impressões, as ideias horríveis que tive aqui, me disse Vega. Desde que o vi no velório de minha mãe, disse a mim mesmo: Moya é o único com quem devo conversar, nenhum outro colega de colégio apareceu no velório, ninguém mais se lembrou de mim, nenhum dos que se diziam meus amigos apareceu quando minha mãe morreu, só você, Moya, mas talvez tenha sido para o melhor, porque, na verdade, nenhum dos meus colegas de colégio foi meu amigo, nenhum saiu comigo depois que acabamos o colégio, e ainda bem que não me encontrei com eles, ainda bem que nenhum ex-colega de colégio tenha ido ao velório da minha mãe, a não ser você, Moya, porque odeio velórios, odeio ter que receber condolências, não sei o que dizer, me incomodo com esses desconhecidos que aparecem para te abraçar e se sentem como se fossem íntimos só porque a sua mãe morreu, ainda bem que não foram, odeio ter que ser simpático com pessoas que não conheço, e a maioria dos que chegam a dar os pêsames, a maioria dos que vão aos velórios são pessoas que você não conhece, nunca mais verá na vida, Moya, mas precisa fazer uma cara simpática, cara de sofrimento e gratidão, cara de quem, na verdade, está feliz porque esses desconhecidos foram ao velório de sua mãe dar os pêsames, como se nesses momentos o que você mais precisasse fosse ser simpático com desconhecidos, me disse Vega. E quando você chegou, pensei: que bom que Moya veio, e inclusive que bom que veio tão cedo, preciso agradecer a Moya, que veio tão cedo, pensei, não preciso ficar atendendo os ex-colegas de colégio, me disse Vega, não tenho que ser simpático com ninguém, porque no velório de minha mãe só foram meu irmão Ivo e sua família, uma dúzia de conhecidos dela e dele (do meu irmão), e eu, o filho mais velho, o que teve que vir correndo de Montreal, o que nunca imaginava voltar a essa cidade asquerosa, me disse Vega. Nossos ex-colegas de colégio são os piores, é um verdadeiro nojo, que sorte que não encontrei nenhum, além de você, é claro, Moya, não temos nada em comum, não pode haver uma só coisa que me una a algum deles. Nós somos a exceção, ninguém pode manter sua lucidez depois de ter estudado por onze anos com os irmãos maristas, ninguém pode se transformar numa pessoa minimamente pensante depois de ter sido educado por irmãos maristas, ter estudado com irmãos maristas é a pior coisa que pode ter me acontecido na vida, Moya, ter estudado sob as ordens desses gordos homossexuais foi a maior vergonha, não há nada tão idiota quanto ter se formado no Liceu de Salvador, no colégio privado dos irmãos maristas em San Salvador, no melhor e mais prestigioso colégio dos irmãos maristas em El Salvador, nada tão abjeto como a ideia dos maristas terem moldado o espírito de alguém por onze anos. Você acha pouco, Moya? Onze anos escutando estupidezes, engolindo estupidezes, repetindo estupidezes, me disse Vega. Onze anos respondendo "sim, irmão Pedro"; "sim, irmão Beto"; "sim, irmão Heliodoro"; frequentamos a escola mais asquerosa para a submissão do espírito, Moya, por isso que não me incomodo com o fato de que nenhum dos sujeitos que foram nossos colegas no liceu tenha ido ao velório de minha mãe, foram onze anos de domesticação do espírito, onze anos de sofrimento espiritual que eu não gostaria de lembrar, onze anos de castração espiritual, qualquer ex-colega que tivesse aparecido só serviria para me lembrar dos piores anos da minha vida, me disse Vega. Mas peça uma bebida, por causa do meu discurso nem notei que você não pediu bebida, tome um uísque comigo, vamos chamar Tolín, o barman, o DJ, o cara é multiuso a essa hora, um cara bacana, alguém a quem agradeço por ter tornado a minha estadia nesse país horrível minimamente agradável. Também fico feliz de conversar com você, Moya, apesar de você também ter estudado no liceu, ainda que você tenha a mesma imundície na alma que me enfiaram os irmãos maristas durantes esses onze anos, me sinto feliz de ter encontrado você, um ex-estudante marista que não participa da cretinice generalizada, esse é você, Moya, igual a mim, me disse Vega. Há dezoito anos que não voltava a este país, dezoito anos durante os quais tudo isso não fez a menor falta, porque fui embora justamente para fugir desse país, eu achava que era a coisa mais cruel e desumana do mundo saber que havia centenas de países no planeta e eu acabei nascendo logo no pior de todos, no mais estúpido, o mais criminoso, nunca vou aceitar, Moya, por isso me mudei para Montreal, muito antes de começar a guerra, não viajei como exilado, nem parti em busca de melhores condições econômicas, fui porque nunca aceitei a piada macabra do destino que me fez nascer nessas terras, me disse Vega. Depois chegaram a Montreal milhares de sujeitos estranhos e estúpidos também nascidos neste país, chegaram fugindo da guerra, procurando melhores condições econômicas, mas eu estava lá desde muito antes, Moya, porque não foi a guerra que me expulsou, nem a pobreza, não fugi por causa da política, mas sim porque nunca aceitei que tivesse o menor valor essa idiotice de ser salvadorenho, Moya, sempre achei que era a maior besteira acreditar que tinha algum sentido o fato de ser salvadorenho, por isso fui embora, me disse Vega, e não ajudei nem me envolvi com nenhum desses sujeitos que se diziam meus compatriotas, eu não tinha nada a ver com eles, não queria me lembrar de nada dessa terra asquerosa, fui embora justamente para não ter nada que ver com eles, por isso sempre os evitei, pareciam uma peste, com seus comitês de solidariedade e todas essas idiotices. Nunca pensei em voltar, Moya, sempre achei que era o pior dos pesadelos ter que voltar a San Salvador, sempre temi que chegasse o momento no qual precisaria voltar a este país e não conseguisse mais sair daqui, eu juro, Moya, esse pesadelo me tirou o sono por anos, até que tirei meu passaporte canadense, até que me transformei num cidadão canadense, só então esse pesadelo terrível parou de me incomodar, me disse Vega. Por isso aceitei vir, Moya, porque meu passaporte canadense é minha garantia, se não tivesse esse passaporte canadense jamais teria vindo, nem me ocorreria a ideia de entrar num avião se não tivesse um passaporte canadense. E, ainda assim, só vim porque morreu a minha mãe, Moya, a morte de minha mãe é a única razão que pode me obrigar a voltar a esta podridão, se ela não tivesse morrido, nunca teria voltado, inclusive quando pensava na possibilidade de que ela morresse, Moya, jamais pensei que teria que voltar, dizia a mim mesmo que meu irmão ajeitaria tudo, venderia os pertences de minha mãe e depositaria a minha parte da herança na minha conta bancária em Montreal, me disse Vega. Não tinha a menor intenção de vir para o velório de minha mãe, Moya, ela sabia disso, cada vez que ia a Montreal me visitar eu repetia que não pensava em voltar a não ser que ela morresse, que eu não tinha nada para fazer nesta terra podre, e minha mãe sempre me disse para não ser ingrato, que, quando ela morresse, eu teria que vir ao seu velório, ela me pediu isso, insistiu de tal maneira que, apesar de minhas negativas, aqui estou. Minha mãe venceu, Moya, me fez voltar, já morta, claro, mas venceu: estou aqui depois de dezoito anos, voltei apenas para constatar que fiz muito bem em ir embora, que o melhor que pode ter acontecido comigo foi sair desta miséria, que este país não vale um centavo para ninguém, este país é uma alucinação, Moya, só existe pelos seus crimes, por isso agi de forma correta ao partir, ao mudar de nacionalidade, em não querer mais saber mais nada do país, foi a melhor coisa que poderia ter acontecido comigo, me disse Vega. Está chegando Tolín com a sua bebida, Moya, também gosto disso neste bar, adoro ser amigo de quem me serve a bebida, adoro que me sirvam doses generosas, sem mesquinharia, sem dosador, viram a garrafa direto no copo, por isso gosto de vir aqui, Tolín é um ótimo barman, me trata muito bem, me serve as melhores bebidas, se ele não estivesse aqui, eu não viria, sem dúvida, venho nesse bar porque Tolín me serve uísques excelentes, me disse Vega. Encontrar este lugar deixou a minha estadia mais leve, Moya, porque, no final das contas, tive que voltar por causa da minha mãe: ela conseguiu se vingar, a senhora se vingou de todas as promessas que fiz em Montreal, se vingou do meu desprezo, minha recusa a ouvir qualquer coisa que tivesse a ver com este país, minha profunda recusa a escutar ela contar da situação de Fulaninho e de Beltraninho, contar como aquele meu amigo de infância tinha se transformado em um engenheiro de sucesso e aquele outro em um médico bem respeitadíssimo, se vingou do meu desprezo total de ouvir qualquer coisa que tivesse relação com meu passado, com meus amigos de colégio, com meus amigos do bairro, me disse Vega. A última vez que minha mãe foi a Montreal, dois anos atrás, ela me advertiu, Moya, me disse que eu teria que vir quando ela morresse, que eu não podia ser tão ingrato. E aqui estou, ainda que apenas por um mês, ainda que não passe dos trinta dias, ainda que eu não tenha a intenção de ficar um só dia a mais, ainda que não consigamos vender a casa de minha mãe neste período, estou aqui, num lugar que nunca imaginei que veria outra vez, ao qual nunca quis voltar. Não entendo o que você faz aqui, Moya, essa é uma das coisas que gostaria de perguntar, essa é uma das curiosidades que mais me inquietam, como alguém que não nasceu aqui, como alguém que pode partir e viver em outro país, em algum lugar minimamente decente, prefere ficar nesse local asqueroso, me explique, disse Vega. Você nasceu em Tegucigalpa, Moya, e passou os dez anos da guerra no México, por isso não entendo o que você faz aqui, como cogitou voltar a morar aqui, a se radicar nesta cidade, o que foi que te trouxe mais uma vez a esta sujeira. San Salvador é horrível, e as pessoas que moram aqui são piores, é uma raça podre, a guerra transtornou tudo, e se já era espantosa antes que eu fosse embora, se já era insuportável há dezoito anos, agora está de vomitar, Moya, é uma cidade de vomitar, onde só podem viver as pessoas realmente estranhas, ou idiotas, por isso não entendo o que você faz aqui, como pode estar entre pessoas tão repugnantes, entre gente cujo maior sonho é se tornar sargento, você os viu caminhar, Moya? Não pude acreditar quando vi, achei a coisa mais nojenta, juro, todos caminham como se fossem militares, cortam o cabelo como se fossem militares, pensam como se fossem militares, é espantoso, Moya, todos querem ser militares, todos seriam felizes se fossem militares, todos adorariam ser militares para matar impunemente, todos carregam o desejo de matar em seu olhar, na maneira de caminhar, no jeito de falar, todos querem ser militares para poder matar, isso significa ser salvadorenho, Moya, querer parecer militar, me disse Vega. Me dá nojo, Moya, não há nada que me dê mais nojo do que os militares, por isso estou há quinze dias sentindo nojo, é a única coisa que o povo desse país causa, Moya, um nojo terrível, horroroso e espantoso, todos querem parecer militares, ser militar é o máximo que podem imaginar, é de dar ânsia de vômito. Por isso falei que não entendo o que você faz aqui, ainda que Tegucigalpa seja mais horrível que San Salvador, ainda que as pessoas de Tegucigalpa sejam igualmente imbecis, afinal, são duas cidades que estão muito próximas, duas cidades que foram dominadas pelos militares por décadas, duas cidades infectadas, espantosas, repletas de sujeitos que desejam ficar de bem com os militares, querem viver como os militares, anseiam parecer militares, procuram a menor oportunidade de rastejar perante os militares, me disse Vega. Um verdadeiro nojo, Moya, é a única coisa que sinto, um tremendo nojo, nunca vi uma raça tão rasteira, tão servil, tão subserviente aos militares, nunca vi um povo tão energúmeno e criminoso, com tal vocação para assassinos, um verdadeiro nojo. Só precisei de quinze dias para concluir que estou no pior lugar onde poderia estar: agora não tem ninguém no bar, Moya, mas posso garantir que, depois das oito da noite, quando começam a entrar todos esses energúmenos que vêm pela banda de rock, posso garantir que a maioria entra com um olhar que deixa claro que são capazes de matar você caso faça a menor provocação, para eles, matar você não tem a menor importância, na verdade gostariam que você desse a eles uma chance de demonstrar que são capazes de matar, me disse Vega. Uma beleza de raça, Moya, se você pensar bem, o único que importa é o dinheiro que você tem, ninguém se preocupa com nenhuma outra coisa, a decência é medida pela quantidade de dinheiro que possui, não há nenhum outro critério, e não se trata do fato de que a quantidade de dinheiro esteja acima dos outros valores, não é isso, Moya, significa que não há outro valor, não existe nenhuma outra coisa além disso, simples assim, é o único valor que existe. Por isso sinto vontade de rir ao pensar que você continua aqui, Moya, não entendo como você pensou em vir a este país, voltar a este país, ficar neste país, é um verdadeiro absurdo se você pensa em escrever literatura, isso demonstra que, na verdade, você não se interessa por escrever literatura, ninguém que se interesse por literatura pode optar por morar em um país tão degenerado como esse, um país onde ninguém lê literatura, um país onde os poucos que podem ler jamais leriam um livro de literatura, até os jesuítas fecharam o curso de literatura na faculdade, para você ter uma ideia, Moya, aqui ninguém se interessa por literatura, por isso os jesuítas fecharam o curso, porque não há estudantes de literatura, todos os jovens querem estudar administração de empresas, isso sim interessa, não a literatura, todo mundo quer estudar administração de empresas nesse país, na verdade, em poucos anos teremos apenas administradores de empresas, um país no qual todos os habitantes serão administradores de empresas, essa é a verdade, essa é a horrível verdade, me disse Vega. Ninguém se interessa por literatura, nem por história, nem nada que tenha a ver com pensamento ou com o estudo de humanas, por isso não existe curso de história, nenhuma universidade tem curso de história, um país incrível, Moya, ninguém pode estudar história porque não há um curso de história, e não há curso de história porque ninguém se interessa por história, é a verdade, me disse Vega. E, ainda assim, há uns loucos que chamam este lugar de "nação", um absurdo, uma estupidez que seria engraçada se não fosse grotesca: como podem chamar de "nação" um lugar povoado por indivíduos que não se interessam em ter história nem saber nada de sua história, um lugar povoado por indivíduos cujo único interesse é imitar os militares e ser administradores de empresas, me disse Vega. Um tremendo nojo, Moya, um nojo horrível é o que esse país produz. E só estou aqui há quinze dias, dedicado a realizar os trâmites para vender a casa de minha mãe, quinze dias que bastaram para confirmar que aqui não aconteceu nada, aqui nada mudou, a guerra civil só serviu para que um partido de políticos aprontasse algumas, os cem mil mortos foram apenas um recurso macabro para que um grupo de políticos ambiciosos repartisse um bolo de excrementos, me disse Vega. Os políticos fedem em todos os lugares, Moya, mas aqui, neste país, os políticos são especialmente fedorentos, posso garantir que nunca vi políticos tão fedorentos como os daqui, talvez seja por causa dos cem mil cadáveres que cada um carrega, talvez o sangue desses cem mil cadáveres seja o que faz tudo feder de um jeito tão peculiar, talvez o sofrimento desses cem mil mortos os tenha deixado impregnados com essa maneira particular de feder, me disse Vega. Nunca vi políticos tão ignorantes, tão selvagemente ignorantes, tão evidentemente analfabetos como os desse país, Moya, fica claro para qualquer pessoa minimamente instruída que os políticos desse país têm a capacidade de leitura muito atrofiada, na hora que vão falar você nota que há muito tempo eles não exercem sua capacidade de leitura, fica evidente que o pior que pode acontecer a um desses políticos é que alguém os obrigue a ler em voz alta em público, seria incrível, Moya, garanto que nesse país não precisa fazer um debate de ideias entre os candidatos, seria prova suficiente pedir para que os candidatos lessem qualquer texto em voz alta frente a um público, juro que pouquíssimos políticos passariam na prova de ler em voz alta. Como adoram aparecer na televisão, Moya, é terrível, se você liga a televisão na hora do café da manhã, em todos os canais aparece um idiota fazendo as mesmas perguntas idiotas a um político que apenas responde idiotices, me disse Vega. É de matar, Moya, dá vontade de vomitar o café da manhã, é para arruinar o dia. A televisão por si só já é uma peste, em Montreal sequer tenho uma televisão, mas aqui, na casa do meu irmão, onde fiquei hospedado até hoje de manhã, me obrigavam a assistir à televisão na hora da comida, e você não vai acreditar, Moya, mas tem um televisor na frente da mesa da sala de jantar, para me obrigar a ver televisão na hora de comer, é horrível, você não consegue comer normalmente, não consegue comer normalmente nem por um instante, pois lá está o televisor ligado para desgastar os seus nervos. Por isso, contra a minha vontade, tive que ver e escutar esses políticos que estavam fedendo do sangue de cem mil pessoas que mandaram matar com suas ideias grandiosas, esses sujeitos tenebrosos que têm o futuro do país em suas mãos me geram um tremendo nojo, Moya, não importa se são de direita ou de esquerda, são de vomitar, igualmente corruptos, igualmente ladrões, se nota no rosto a ansiedade que eles têm de roubar tudo o que puderem, é preciso tomar cuidado com esses sujeitos, Moya, você só precisa ligar a televisão para ver no focinho deles a ansiedade em saquear o que puderem, de quem puderem, uns ladrões com terno e gravata que antes tiveram sua orgia de sangue, de crimes, e agora se dedicam à festança de roubos, me disse Vega. Mas vamos brindar, Moya, para que nosso reencontro não seja amargado por culpa desses politiquinhos que diariamente arruinaram minhas refeições através da televisão que meu irmão e sua mulher ligavam quando eu estava à mesa. E o pior são esses miseráveis políticos de esquerda,

Moya, esses que antes foram guerrilheiros, esses que antes eram chamados de comandantes, esses são os que mais me deixam enojado, nunca vi sujeitos tão farsantes, tão rasteiros, tão vis, uma verdadeira repugnância, depois de mandar matar tanta gente, depois de mandar sacrificar tantos ingênuos, depois de cansar de repetir tantas idiotices que chamavam de seus ideais, agora se comportam como as ratazanas mais vorazes, umas ratazanas que trocaram o uniforme militar do guerrilheiro por terno e gravata, umas ratazanas que trocaram seus discursos de justiça por qualquer migalha que cai da mesa dos ricos, umas ratazanas cujo único desejo sempre foi o de se apoderar do Estado para roubá-lo, umas ratazanas realmente asquerosas, Moya, me dá pena pensar em todos os imbecis que morreram por causa dessas ratazanas, nas dezenas de milhares de imbecis que foram em direção à morte entusiasmados por seguir as ordens dessas ratazanas que agora só pensam em conseguir a maior quantidade de dinheiro possível para se parecerem com os ricos que antes combatiam, me disse Vega. Vamos pedir outra dose de uísque, Moya, aproveitemos que ainda é cedo, que Tolín está cuidando de tudo e nos serve as bebidas de forma generosa; pedirei para que ele coloque *Concerto em Si Bemol Menor para piano e orquestra*, de Tchaikovsky, estou com vontade de escutar esse *Concerto em Si Bemol Menor*, de Tchaikovsky nesta tarde, por isso trouxe o meu próprio CD com este ótimo concerto para piano e orquestra, por isso vim preparado com o que mais gosto do Tchaikovsky. Você se lembra de Olmedo, Moya, aquele colega do liceu, um idiota que sempre tirava notas excelentes e se dava bem com os irmãos maristas, um que parecia padre, um sujeito realmente entediante e indesejável por causa de sua vontade exagerada de se dar bem com os padres? Foi o único de nossa turma que partiu com os guerrilheiros, Moya, me contaram há alguns dias, o único da turma que morreu entre as fileiras da guerrilha, o cretino do Olmedo. E sabe o pior? Quem o matou foram seus próprios camaradas, fuzilaram-no em San Vicente, estas ratazanas que agora se transformaram em políticos mandaram matar Olmedo, acusaram-no de traidor e o fuzilaram, o cretino do Olmedo, o único de nossa turma que morreu na guerrilha, por ser imbecil, já dava para ver na época do colégio, você se lembra?, um sujeito que por causa da sua ingenuidade foi fuzilado por ordens dessas ratazanas, me disse Vega. Me contaram recentemente: Olmedo foi uma das centenas de ingênuos assassinados por essas ratazanas sob a acusação de ser um agente infiltrado, centenas de pessoas foram assassinadas por ordens dos próprios chefes nas margens do vulcão de San Vicente. Horrível, Moya, o pobre imbecil do Olmedo, veja a morte que teve. É horrível pensar na alegria com a qual as pessoas mataram nesse país, a facilidade com a qual milhares se sacrificaram como cordeiros exibindo suas causas de vomitar, matando por suas causas de vomitar, dispostos a morrer por suas causas de vomitar, me disse Vega. E tudo isso para quê? Para que um grupo de ladrões disfarçados de políticos dividisse a pilhagem. É incrível, Moya, realmente incrível, a estupidez humana não tem limites, especialmente neste país, onde as pessoas levam a estupidez humana a recordes inusitados, só assim se pode explicar que o político mais popular do país nos últimos vinte anos tenha sido um psicopata criminoso, só assim se pode explicar o fato de que um psicopata criminoso que mandou assassinar milhares de pessoas em sua cruzada contra o comunismo tenha se transformado no político mais popular, que um psicopata criminoso que mandou assassinar o arcebispo de San Salvador tenha se transformado no político mais carismático, mais querido, não apenas pelos ricos, mas também pelo povo em geral, uma coisa asquerosa de dimensões monstruosas, se você pensar a sério sobre o assunto, Moya, um psicopata criminoso que assassinou o arcebispo transformado em um homem eminente, um psicopata criminoso transmutado na estátua que boa parte da população reverencia, porque esse assassino torturador blasfemou com tal furor que a língua apodreceu de câncer, a garganta apodreceu de câncer, o corpo apodreceu de câncer, só neste país e com estas pessoas que pôde acontecer um absurdo de tais dimensões, uma coisa asquerosa tão escancarada como transformar um psicopata criminoso em um homem eminente, me disse Vega. Por isso que, quando terminar todos os trâmites referentes à venda da casa de minha mãe, partirei imediatamente a Montreal, Moya, mesmo que a casa ainda não tenha sido vendida, mesmo que eu tenha que deixar a responsabilidade da venda para o meu irmão, mesmo que eu tenha que confiar no meu irmão, mesmo que, no final das contas, meu irmão me engane e fique com a minha parte do dinheiro da venda da casa de minha mãe, mesmo que eu perca a única herança que minha mãe me deixou porque meu irmão roubou parte do dinheiro da venda da casa, prefiro sair daqui o mais rápido possível, Moya, não aguentaria nem um minuto a mais, poderia morrer de nojo, de uma profunda e fulminante septicemia espiritual, até estou pensando em ir embora antes, pensando bem, posso ir em até uma semana, não tenho nenhum motivo para esperar que passem duas semanas, amanhã mesmo vou mudar a passagem para daqui a uma semana, para quando, segundo o advogado, já vou ter assinado todos os papéis que tenho que assinar, me disse Vega. Não tenho nada para fazer neste país, Moya, além de vir aqui diariamente beber neste bar entre as cinco e as sete da tarde e assinar os documentos relacionados à casa que minha mãe deixou de herança, não tenho nada para fazer aqui. E tenho certeza, me escute bem, Moya, de que meu irmão fará de tudo para roubar a parte do dinheiro que me corresponde, dá para se notar de longe a intenção dele de ficar com o dinheiro dessa casa na colônia Miramonte que minha mãe nos deixou de herança, é possível notar a um quilômetro de distância que está tramando com o advogado para roubar essa pequena herança que minha mãe me deixou, porque meu irmão Ivo nunca pensou que minha mãe me incluiria em seu testamento, sempre teve certeza de que, por minha ausência completa do país, minha mãe me excluiria de seu testamento, e que ele (Ivo) seria o único herdeiro, ele ficaria com a casa na colônia Miramonte, me disse Vega. Por isso, Ivo deve ter ficado surpreso quando o tabelião leu o testamento, que dizia que minha mãe deixava essa casa na colônia de Miramonte para os seus dois filhos, com a única condição de que eu viesse ao funeral, e que, se eu viesse ao funeral, então decidiria o que fazer com a casa. Tenho certeza absoluta, Moya, que se o meu irmão Ivo tivesse lido o testamento no momento em que minha mãe morria, não teria me avisado, tenho certeza absoluta de que ele teria inventado algo para não me avisar, para evitar que eu viesse ao país para tomar a parte da herança à qual tenho direito, para me obrigar a descumprir a cláusula que minha mãe incluiu no testamento. Mas Clara, a mulher de Ivo, cometeu a imprudência de me telefonar alguns minutos depois da morte de minha mãe, uma imprudência que, nesse momento, nenhum dos dois considerou grave, porque os dois tinham certeza que eu não voltaria ao país, nem mesmo com a morte de minha mãe, porque os dois não sabiam da cláusula do testamento que minha mãe havia entregado ao tabelião, porque os dois não sabiam que a minha mãe tinha me advertido que, se eu não estivesse presente no funeral, não me deixaria nada da casa na colônia de Miramonte, porque ambos já se consideravam donos da casa na colônia de Miramonte, me disse Vega. E imagine a surpresa de Ivo e Clara quando anunciei aos dois que chegaria no dia seguinte, quando pedi que adiassem o enterro de minha mãe até a manhã seguinte, quando me viram entrar na funerária, vindo direto do aeroporto, quando, dois dias depois, o tabelião nos leu o testamento de minha mãe, que me dava poder de decisão acerca do destino da casa na colônia de Miramonte, Moya, uma casa que agora está cotada em cem mil dólares por estar localizada a apenas duas quadras do hotel Camino Real, uma casa que meu irmão não tinha a menor intenção de vender, porque não precisa disso, uma casa na qual praticamente morei toda a minha vida em San Salvador, uma casa irreconhecível pelo muro de cimento que a circunda, um muro que nunca existiu enquanto morei ali, um muro que não está apenas ao redor da casa de minha mãe, Moya, porque as pessoas, com medo, transformaram suas casas em fortalezas, uma paisagem horrível, essa cidade com casas protegidas por muralhas, Moya, como se fossem quartéis, cada casa é um pequeno quartel, da mesma maneira como qualquer pessoa é um pequeno sargento, as semelhanças não mentem, Moya, a casa de minha mãe é a maior prova disso, graças ao enorme muro ao redor dela, me disse Vega. Meu irmão Ivo não conseguia acreditar no que minha mãe havia posto no testamento, também não conseguia acreditar que eu queria vender a casa cercada pelos muros o mais rápido possível, que estava ansioso por me desfazer da casa o quanto antes, Moya, não acreditava que o meu único interesse era conseguir uns 45 mil dólares o mais rápido possível, já que não tenho a menor intenção de voltar a este país, por nada no mundo voltaria a pôr os pés aqui, foi isso que eu disse ao meu irmão e ao advogado, meu único objetivo é vender essa casa na colônia de Miramonte para conseguir um dinheiro que me permita viver de forma mais confortável em Montreal e não ter jamais que voltar a este país repugnante, me disse Vega. Eu e meu irmão Ivo somos as pessoas mais diferentes que você pode imaginar, Moya, não nos parecemos em nada, não temos nada em comum, ninguém acreditaria que somos filhos da mesma mãe, somos tão diferentes que nunca chegamos a ser amigos, apenas dois conhecidos que tinham os mesmos pais, o mesmo sobrenome e a mesma casa, me disse Vega. Não nos víamos há dezoito anos, nunca trocamos cartas, apenas trocávamos saudações e lugares-comuns uma meia dúzia de vezes quando minha mãe me telefonava e ele estava junto com ela, Moya, nunca nos telefonamos porque não tínhamos nada a dizer, porque cada um pôde construir sua vida sem nem ter que se lembrar do outro, porque somos completamente estranhos um ao outro, somos antípodas, a prova final de que a ligação sanguínea não significa nada, é apenas um acidente, algo perfeitamente prescindível, me disse Vega. Acabo de completar 38 anos, Moya, a mesma idade que você, quatro anos a mais que o meu irmão, e, se minha mãe não tivesse morrido, eu seria capaz de viver toda a minha vida sem nunca mais me encontrar com meu irmão Ivo, assim são as coisas, Moya, nem sequer nutrimos ódio ou rancor um pelo outro, somos simplesmente dois planetas em órbitas distintas, não temos nada sobre o que conversar, nada o que compartilhar, nenhum gosto em comum, o único motivo que nos liga é o fato de termos herdado a casa de minha mãe na colônia de Miramonte, nada mais, me disse Vega. Não posso ter nada em comum com um sujeito que se dedica a fazer chaves, com um sujeito que dedicou sua vida a fazer cópias de chaves, um sujeito cuja única preocupação é que o seu negócio produza cada vez mais cópias de chaves, Moya, alguém que faz a sua vida girar em torno de um negócio chamado Um Milhão de Chaves, alguém que inevitavelmente deve ter recebido o apelido de seus amigos de "o Chaveiro", um sujeito cujo universo e cujas preocupações vitais não vão além das dimensões de uma chave, me disse Vega. Meu irmão é um energúmeno, Moya, me dá pena pensar que alguém pode viver uma vida como a de meu irmão, fico profundamente triste ao pensar em alguém que dedica a sua vida a fazer a maior quantidade possível de cópias de chaves, me disse Vega. Meu irmão é, na verdade, pior que um energúmeno, Moya, é o típico comerciante de classe média que, através das chaves, busca acumular uma quantidade de dinheiro para ter mais carros, mais casas e mais mulheres; para o meu irmão, o mundo deveria ser uma imensa serralheria e ele seria o único proprietário dela, uma serralheria imensa na qual só se falaria de chaves, fechaduras, trancas e travas. E não vai mal, Moya, pelo contrário, meu irmão está muito bem, cada vez vende mais chaves, cada vez tem mais filiais da Um Milhão de

Chaves, cada vez acumula mais dinheiro graças ao negócio das chaves, é um verdadeiro sucesso o meu irmão, Moya, encontrou sua mina de ouro, pois acho que não existe nenhum outro país onde o povo seja tão obcecado por chaves e fechaduras, não acho que exista outro país onde o povo se tranque de forma tão obsessiva, por isso meu irmão é um sucesso, porque as pessoas precisam de chaves e fechaduras aos montes para as casas cercadas por muros onde moram, me disse Vega. Faz cerca de quinze dias que não tenho uma conversa que valha a pena, Moya, desde quinze dias só falam de chaves, fechaduras e trancas, só me falam dos papéis que devo assinar para possibilitar a venda da casa de minha mãe, é horrível, Moya, não tenho absolutamente nenhum assunto com meu irmão, nem um só assunto minimamente decente que possamos abordar com inteligência, me disse Vega. A principal preocupação intelectual do meu irmão é o futebol, Moya, pode falar horas e horas sobre times e jogadores do futebol nacional, especialmente de seus favoritos, um time chamado Alianza, para o meu irmão, Alianza é o máximo da realização humana, não perde um só jogo deles, seria capaz de cometer a pior maldade para fazer o Alianza ganhar todos os jogos, me disse Vega. O fanatismo de meu irmão pelo Alianza chega a tal nível que, há poucos dias, cogitou me convidar a ir ao estádio, você pode imaginar, Moya, me convidou para ir ao estádio torcer para o Alianza em um jogo difícil contra seu eterno adversário, isso que ele me propôs, como se não soubesse que detesto multidões, como se não soubesse que as concentrações humanas me geram uma aflição indescritível. Não há nada que eu ache mais detestável do que os esportes, Moya, nada me parece mais entediante e imbecilizante do que os esportes, mas especialmente o futebol nacional, Moya, não entendo como o meu irmão pode dar sua vida a 22 subnutridos com faculdades mentais limitadas que correm atrás de uma bola, só um sujeito como o meu irmão pode se emocionar até quase enfartar com os tropeções de 22 subnutridos que correm atrás de uma bola, orgulhosos de suas faculdades mentais limitadas, só alguém como o meu irmão pode ter como principais paixões a serralheria e um time de subnutridos e retardados mentais que se denomina Alianza, me disse Vega. No início, meu irmão achou que poderia me convencer a não vendermos a casa de minha mãe, que poderíamos alugá-la, seria o melhor, segundo ele, os imóveis estão valorizando, não faz sentido vender a casa de minha mãe, me dizia o meu irmão; mas fui bastante enfático desde o início, não tive nenhuma dúvida de que a melhor decisão seria vender a casa de minha mãe, é o mais conveniente para mim, para que eu nunca precise voltar a este país, para romper todos os laços com o país, com o passado, com o meu irmão e sua família, para não ter que saber mais deles, por isso fui enfático desde o início, contundente, não deixei sequer que o meu irmão argumentasse contra a venda da casa, disse que só queria minha metade, se ele pudesse me pagar os 45 mil dólares agora, poderia ficar com a casa, foi isso que eu falei, Moya, me disse Vega, porque vi a intenção dele de me chantagear com sentimentalismos imbecis, com ideias próprias de um sujeito cuja vida se limita a chaves e fechaduras, sentimentalismos estúpidos como dizer que a casa de minha mãe representa o patrimônio familiar, como dizer que crescemos naquela casa e que lá passamos o melhor tempo de nossa juventude. Não deixei que ele continuasse com essas loucuras, Moya, disse a ele que, para mim, a família era um acaso sem nenhuma importância, e uma prova disso era o fato de que conseguimos ficar dezoito anos sem nos comunicarmos, prova disso era que, se não tivesse a casa, com certeza não teríamos voltado a nos encontrar, isso foi o que eu disse, Moya, e expliquei que quero esquecer tudo que tenha a ver com os anos de minha juventude que passei neste país, morando nessa casa rodeada por muros que agora preciso vender, nada tão abominável como os anos que passei aqui, nada tão repugnante como os primeiros vinte anos da minha vida, me disse Vega. Foram anos nos quais só fiz besteira, Moya, anos horríveis que associo aos irmãos maristas, com minha vontade enorme de sair daqui, com o desassossego que me causava o fato de ter que morar no meio desta podridão. Pedirei a Tolín que coloque mais uma vez para tocar o *Concerto em Si Bemol Menor para piano e orquestra*, de Tchaikovsky, me disse Vega, quero escutar mais uma vez esse concerto antes que apareça alguém com alguma outra coisa, eu poderia escutar esse concerto de Tchaikovsky dez vezes sem me entediar, sem me cansar, Moya, eu adoro esse lugar porque a essa hora quase não há clientes para incomodar e Tolín sempre satisfaz os meus gostos musicais. Agora eu sei que meu irmão fará o possível para roubar a metade do dinheiro da casa de minha mãe que me corresponde, agora que se deu conta de que não estou disposto a voltar a este país, meu irmão fará de tudo para roubar o dinheiro, tenho certeza, Moya, posso ver de longe sua alegria perante minha decisão definitiva de não voltar mais a este país, vejo em seu rosto que está pensando na melhor maneira para adiar ao máximo a venda da casa de minha mãe, está pensando na melhor maneira de não mandar o dinheiro que me corresponde da venda da casa de minha mãe, pelo menos tentará atrasar o envio do dinheiro durante uns seis meses, para conseguir mais juros no banco, me disse Vega. Mas ele enfrenta um problema, Moya, um só problema contundente: eu já descobri o seu plano, foi o que disse ao meu irmão, e adverti o advogado que, se tentarem fazer qualquer tramoia, não volto a Montreal, mas gastarei os 45 mil dólares que me correspondem na tarefa de deixar a vida deles impossível, vão se enfrentar com um cidadão canadense, então é melhor tomar cuidado. Você tinha que ver a cara que o meu irmão fez, Moya, ofendidíssimo, como se eu tivesse duvidado da virgindade da senhorita, me disse Vega, como se esta raça não fosse conhecida justamente pelo seu talento para roubar e enganar. Meu irmão Ivo começou a gritar que eu era um ingrato, um sujeito sem consideração, um cara sem alma ou coração, com a cabeça cheia de maldade, e que, como sou assim, acho que todo mundo é igual a mim; começou a gritar no escritório do advogado, nesta manhã, que eu era um sujeito que não merecia nada, que não entendia por que minha mãe resolveu me incluir no testamento quando nunca me preocupei, em toda a minha vida, com o que acontecia na família. Era isso que ele gritava, Moya, me disse Vega. E como já estava com os nervos à flor da pele por estar há quinze dias neste país, quinze dias na casa de meu irmão, quinze dias assinando documentos e visitando cartórios, como já estava com os nervos à flor da pele, disse que não me importava nem um pouco com o que ele pensava de mim, que se tem algo com o que realmente não me importo são as opiniões dele sobre mim, que nunca me preocupei com o que um sujeito que tem a cabeça cheia de chaves e fechaduras pensa, e que, além do mais, tenta me tirar o dinheiro da casa de minha mãe, foi o que disse, Moya, mas o adverti para não achar que podia me roubar, que teria que me pagar cada dólar que me corresponde pela venda da casa de minha mãe, me disse Vega. Meu irmão é um nojo, Moya, por isso decidi sair de sua casa hoje de manhã, resolvi me hospedar no hotel Terraza, assim que saí do escritório do advogado, fui até a casa de meu irmão recolher minhas coisas para me mudar para o hotel Terraza, é o que eu devia ter feito desde que vim a este país, não sei como cogitei aceitar a oferta de meu irmão de ficar em sua casa, com sua mulher e seus dois filhos, não sei como me passou pela cabeça a ideia de que aguentaria viver um mês na casa de pessoas assim, só em um estado de perturbação profunda pude aceitar a proposta de ficar na casa de meu irmão, Moya, levando em conta que vivi sozinho os últimos dezoito anos de minha vida, levando em conta que, desde que consegui fugir desse país e da casa de minha mãe, sempre morei sozinho, me disse Vega. Para a minha sorte, Clara, a mulher de meu irmão, não estava em casa quando fui buscar minhas coisas, por sorte dela, digo, Moya, pois, graças ao meu estado alterado, eu teria dito a ela que, na verdade, não tenho nada a agradecer, que os quinze dias passados em sua casa foram os piores quinze dias da minha vida, nunca estive imerso em um ambiente tão hediondo, tão estúpido, tão alheio ao espírito, um ambiente que só serviu para me colocar em um estado de extrema alteração nervosa, me disse Vega, um ambiente realmente grosseiro, o ambiente próprio de uma família de classe média em San Salvador, algo que não desejo a ninguém. A casa de meu irmão fica na Colonia Escalón Norte, Moya, um lugar horrível, para começar pelo nome, para arrivistas de classe média que queriam morar em Colonia Escalón, mas não têm dinheiro para morar em Colonia Escalón de verdade, por isso inventaram a Colonia Escalón Norte, para arrivistas de classe média como o meu irmão, que logo conseguirá economizar dinheiro suficiente para comprar uma casa em Colonia Escalón e não em Colonia Escalón Norte, que a única coisa que tem em comum com Colonia Escalón é o fato de estar situada em uma das colinas do vulcão, me disse

Vega. É horrível a maneira como cresceu essa cidade, Moya, já engoliu quase metade do vulcão, já engoliu quase todas as zonas verdadeiras nas redondezas, essa raça tem vocação de cupim, come tudo, você só precisa se afastar alguns quilômetros de San Salvador para se dar conta de que, cedo ou tarde, este país será uma cidade imensa e podre, cercada de zonas desérticas e igualmente imundas, me disse Vega, a cidade em si já é uma das cidades mais imundas e hostis que você poderia conhecer, uma cidade desenhada para animais, não seres humanos, uma cidade que transformou o seu centro histórico em um lixão porque ninguém se importa com a história, pois o centro histórico é absolutamente desnecessário e foi transformado em um lixão, de fato, a cidade é um lixão, uma cidade nojenta, comandada por sujeitos obtusos e ladrões cuja única preocupação é destruir qualquer arquitetura que lembre minimamente o passado para construir postos de gasolina Esso, pizzarias e lanchonetes. É incrível, Moya, me disse Vega, San Salvador é uma versão grotesca, anã e estúpida de Los Angeles, povoada por gente idiota que só pensa em imitar os idiotas que moram em Los Angeles, uma cidade que demonstra a hipocrisia congênita dessa raça, a hipocrisia que nos leva a desejar no âmago da alma em se transformar em gringos, o que mais sonham é em se transformarem em gringos, te juro, Moya, mas não aceitam que o seu desejo mais forte é o de se transformarem em gringos porque são hipócritas, e são capazes de matar se você criticar suas nojentas cervejas Pilsen, suas nojentas *pupusas*, sua nojenta San Salvador, seu nojento país, Moya, são capazes de matar você num piscar de olhos, embora eles não se interessem por isso e, portanto, preferem destruir a cidade e o país com um entusiasmo doentio. Me enche de nojo, Moya. Não suporto essa cidade, te juro, me disse Vega, ela tem todos os defeitos e problemas das cidades grandes, e nenhuma das suas virtudes, tem tudo de negativo das cidades grandes e nem um só elemento positivo delas, uma cidade que, se você não tem carro, está frito, porque o transporte público é a coisa mais incrível que uma pessoa pode imaginar, os ônibus foram feitos para transportar gado, não seres humanos, as pessoas são tratadas como animais e ninguém reclama, a vida cotidiana consiste em ser tratado como um animal, a única maneira de andar de ônibus é se acostumando a ser tratado cotidianamente como um animal. Incrível, Moya, os motoristas de ônibus com certeza são criminosos patológicos desde a infância, são mercenários transformados em motoristas de ônibus, me disse Vega, sujeitos que sem dúvida foram torturadores ou carrascos durante a guerra civil e que agora foram reciclados e são motoristas de ônibus, assim que você entra no ônibus se dá conta de que deixou sua vida nas mãos de um criminoso que dirige o mais rápido possível, que não respeita lombadas, nem semáforos vermelhos, nem nenhum sinal de trânsito, nas mãos de um energúmeno cujo único objetivo é acabar com o máximo possível de vidas no menor tempo possível, me disse Vega. É uma experiência assustadora, Moya, uma experiência nada fácil para quem tem problemas cardíacos, ninguém em sã consciência andaria diariamente de ônibus nesta cidade, você precisa de uma degradação permanente e sádica do espírito para andar todos os dias de ônibus, você precisa de uma domesticação abjeta da alma para tolerar todos os dias esses criminosos que agora são motoristas de ônibus, eu juro, Moya, por experiência própria, andei duas vezes de ônibus, assim que cheguei à cidade, e foi o suficiente para compreender que tal experiência destruiria meus nervos em um instante, foi o suficiente para entender o nível de degradação ao qual a maioria da população é submetida diariamente nas mãos desses criminosos que agora são motoristas de ônibus, me disse Vega. Você, Moya, que tem carro e não sabe do que estou falando, com certeza nunca precisou andar de ônibus, nem lhe ocorreu subir num ônibus, com certeza você nunca pensaria em subir num ônibus, nem se o seu carro estivesse estragado, você preferiria pegar um táxi ou pedir carona a algum amigo. As pessoas desta cidade se dividem entre as que têm carro e as que andam de ônibus, esta é a divisão mais cortante, mais radical, me disse Vega, não importa o quanto você ganha de salário ou a zona onde você mora, o que importa é se tem carro ou anda de ônibus, Moya, uma verdadeira infâmia. Por sorte, agora que estou no hotel Terraza, não precisarei mais falar com meu irmão, nem com sua mulher, Clara, nem com sua prole, essas crianças que não fazem nada além de assistir à televisão, é realmente incrível, Moya, duas crianças que ficam o tempo todo na frente do televisor, preciso deixar claro que meu irmão tem três televisores em sua casa, embora seja difícil de acreditar, três televisores que muitas vezes estão ligados ao mesmo tempo, em canais diferentes, um verdadeiro inferno esse lugar, Moya, ainda bem que fui embora desta casa de loucos que passam o dia todo vendo televisão: um aparelho, o que mais me apavorava, fica na frente da mesa de jantar, de modo que é inevitável assistir quando você está fazendo uma refeição; o outro aparelho está no quarto das crianças, e o maior, a tela gigantesca com videocassete, no quarto de casal. Horrível, Moya, é arrepiante se você for pensar: uma família que, no tempo livre em casa, não faz nada além de ver televisão, me disse Vega, não tem um só livro, meu irmão não tem um só livro na sua casa, nem a réplica de alguma pintura, nem um disco de música séria, nada que tenha a ver com arte ou bom gosto está nesta casa, nada que tenha a ver com o cultivo do espírito pode ser encontrado neste lugar, nada que tenha a ver com o desenvolvimento da inteligência, é incrível, nas paredes só há diplomas e fotos familiares estúpidas penduradas, e nas estantes, em vez de livros, só há esses enfeites imbecis que estão à venda em qualquer lojinha, me disse Vega. Realmente não sei como pude aguentar quinze dias neste local, Moya, não entendo como pude pernoitar quinze noites seguidas em uma casa onde se escutam três televisores ao mesmo tempo, onde não há um só disco de música minimamente decente, não vou nem dizer clássico, mas sim minimamente decente, o gosto musical desse casal é abominável, é abominável a sua total falta de gosto para tudo que tenha relação com a arte e as manifestações do espírito, me disse Vega, só escutam música asquerosa, brega, sentimentaloide, interpretadas por cantores que desafinam do início ao fim. E, ainda assim, meu irmão teve a insensatez de me perguntar por que eu não voltava a morar neste país, incrível, Moya, meu irmão achou que havia a possibilidade de eu voltar a este país. Quase vomito, Moya, quase vomito de nojo quando ele me disse que, como já sou professor de história da arte, e como neste país ninguém ensina história da arte, então talvez eu tivesse muitíssimas oportunidades, foi assim que ele falou, Moya, e falava sério, disse que se eu ficasse em San Salvador provavelmente viraria um professor disputadíssimo de história da arte porque não tinha ninguém ensinando história da arte, todas as vagas seriam minhas, as universidades me disputariam por ser o principal professor de história da arte, e talvez em poucos meses eu conseguisse montar minha própria escola de história da arte e que, por que não, em pouco tempo poderia fundar minha própria universidade especializada em arte. Foi isso que ele me disse, Moya, sem rir, juro que não estava rindo da minha cara, falava sério, inclusive lamentou que o negócio de chaves e fechaduras já tivesse tanta concorrência, ao contrário da história da arte, onde eu teria o terreno todo reservado para mim. Por sorte já fui embora desta casa, Moya, sinto que tirei um peso dos meus ombros, você não sabe como me sinto bem por não ter mais que conversar com meu irmão e sua mulher, não sabe a alegria de não ter que conversar com os amigos de meu irmão e sua mulher, porque quero te dizer que meu irmão e sua mulher não são exceções, Moya, a imbecilidade não é uma característica exclusiva deles, alguns de seus amigos são até piores, juro, como o ginecologista que, aparentemente, teve a brilhante ideia de que eu poderia fundar uma universidade de arte, um ginecologista que evidentemente já tem sua própria universidade onde não ensina ginecologia, mas sim administração de empresas e outras carreiras similares, um ginecologista em cujas mãos eu não gostaria de estar se fosse mulher, me disse Vega. Os médicos são as pessoas mais corruptas que encontrei neste país, Moya, os médicos são tão corruptos que é impossível sentir algo além de nojo e indignação, em nenhum outro país os médicos são tão corruptos, tão capazes de matar você só para arrancar o máximo de dinheiro possível, Moya, os médicos deste país são os sujeitos mais amorais do mundo, digo por experiência própria, não há seres mais desprezíveis e repugnantes que os médicos deste país, nunca vi sujeitos tão selvagens e vorazes como os médicos daqui, me disse Vega. Fui me consultar há uma semana, para que me receitassem algo para a minha colite nervosa, que ficou mais forte por causa da morte de minha mãe, da minha vinda a este país, da estadia na casa de meu irmão, uma colite que tenho desde que me conheço como gente, Moya, mas que fica mais forte quando preciso enfrentar situações desagradáveis, uma colite para a qual só preciso de um remédio, mas o médico achou que tinha encontrado uma pequena mina de ouro em mim, os seus olhos brilhavam como você não é capaz de imaginar, Moya, a ganância mais desenfreada estava em seu olhar, não conseguia esconder o entusiasmo de achar que encontrou um ingênuo a quem enganar sem misericórdia, é incrível, o sujeito era a abjeção na forma de um médico com trajes brancos e mãos recém-lavadas. Ele me pediu milhares de exames, fez cara de preocupado, como se eu estivesse em estado gravíssimo, prestes a sofrer uma peritonite, e mencionou, na maior cara de pau, no meio de sua terminologia impostada, que, se meus exames dessem positivo, eu deveria cogitar fazer uma intervenção cirúrgica, foi isso que me disse, Moya. É claro que não voltei a este consultório, me disse Vega, apenas tomei uma dose mais forte do meu remédio de sempre. Por isso falo que não dá para saber que espécie de ginecologista foi o amigo de meu irmão, sabe-se lá a vida de quantas mulheres ele arruinou, quantas crianças morreram por causa de sua imbecilidade, deve ter sido um péssimo ginecologista para fundar uma universidade em vez de trabalhar no consultório, me disse Vega, apesar de que, neste país, parece tão fácil abrir uma universidade quanto um consultório, não acho que exista nenhum outro país com tantas faculdades privadas como este, a maior quantidade de universidades privadas por quilômetro quadrado, a maior quantidade de universidades privadas por habitantes, é incrível, Moya, só aqui em San Salvador há mais de quarenta universidades privadas, pode imaginar? Uma cidade de apenas um milhão e meio de habitantes com quase cinquenta universidades privadas, uma verdadeira aberração, porque quase todas essas universidades privadas não passam de empresas para enganar pessoas incautas, é a própria negação do conceito de conhecimento, prova disso é que nenhum país tem uma educação superior tão arruinada, com um nível tão baixo como o deste, me disse Vega. Quanto mais universidades privadas, maior a imbecilidade e a perfídia dos sujeitos que nelas se formam: é assim que funciona, Moya, a prova de que ninguém busca conhecimento neste país, só se interessam em obter um diploma, conseguir um diplominha é o objetivo, obter um diplominha de administradores de empresas que permita que eles consigam um emprego, mesmo que não aprendam nada, porque não querem aprender nada, porque não há ninguém capaz de ensiná-los, porque os professores são uns cachorros mortos de fome que também só querem ter um diploma para poder dar aula a uma turma de cães que querem seu diploma, é uma verdadeira calamidade, Moya, me disse Vega. E o mais assombroso de tudo, o que é uma ignomínia descomunal, é o estado da Universidade de El Salvador, a única mantida pelo Estado, a que supostamente é o ápice da educação superior no país, a mais antiga e que algum dia (há muitas décadas) foi prestigiosa. Não dava para acreditar, Moya, na manhã em que decidi visitar o campus da Universidade de El Salvador, não pude crer em tal ignomínia, parece um campo de refugiados africanos: os prédios caindo aos pedaços, um monte de construções de madeira fedorenta empilhada, fezes pelos corredores dos poucos prédios erigidos, fezes humanas pelos corredores da Universidade de El Salvador, um ambiente fétido e asqueroso nos corredores da principal universidade do país por causa das fezes humanas das quais você precisa se desviar enquanto caminha pelos corredores. Uma universidade com uma biblioteca mais adequada para uma escola de ensino básico na periferia de qualquer cidade decente, uma universidade com uma livraria que só vende apostilas soviéticas, uma universidade na qual as poucas disciplinas de ciências humanas e sociais são ensinadas a partir de apostilas soviéticas. Não dava para acreditar, Moya, essa universidade é uma merda, a Universidade de El Salvador não é outra coisa senão uma merda expelida pelo reto dos militares e dos comunistas, os militares e os comunistas se aliaram em sua guerra para transformar a Universidade de El Salvador em uma merda, os militares com suas intervenções criminosas e os comunistas com sua estupidez congênita confabularam para transformar o mais antigo centro de estudos do país em um amontoado de fezes fétido e asqueroso, me disse Vega. Meu irmão deve ser um imbecil de marca maior para achar que eu estaria disposto a deixar minha cátedra de história da arte na Universidade de McGill para dar aula em antros corruptos juvenis que se autodenominam universidades, ou em um amontoado de fezes mantida com dinheiro do Estado, meu irmão deve ser um imbecil completo se achou que eu estaria disposto a deixar minha cátedra para ensinar a uma manada de gado interessada apenas em tirar um diploma de administrador de empresas. É preciso estar louco, sem dúvida, como você, Moya, para achar que se pode mudar algo neste país, para achar que vale a pena mudar algo, para achar que as pessoas se interessam por mudar algo, me disse Vega, nem sequer onze anos de guerra civil serviram para mudar algo, onze anos de matança e permaneceram os mesmos ricos, os mesmos políticos, o mesmo povo fodido e a mesma imbecilidade permeando o ambiente. Tudo é uma alucinação, Moya, entenda bem, as pessoas que pensam por conta própria, as pessoas interessadas em conhecimento, as pessoas dedicadas à ciência e à arte devem sair o mais rápido possível do país: aqui você vai apodrecer, Moya, não entendo o que você resolveu fazer, essa sua ideia de fundar um jornal diferente é uma ingenuidade completa, uma estupidez gerada por cérebros febris como o seu que se recusam a enxergar a realidade. Esta raça está em guerra contra o conhecimento e a curiosidade intelectual, tenho certeza disso, Moya, este país está fora do tempo e do mundo, só existiu quando houve carnificina, só existiu graças aos milhares de assassinados, graças à capacidade criminosa dos militares e dos comunistas, fora dessa capacidade criminosa não tem nenhuma possibilidade de existência, me disse Vega. Os jornais são justamente a maior mostra da miséria intelectual e espiritual deste povo, Moya, basta folhear os jornais diários para entender em que país estamos, para entender a miséria intelectual e espiritual de quem faz esses jornais e de quem compra esses jornais, para entender que são jornais que não foram feitos para serem lidos e sim folheados, porque ninguém se interessa por leitura neste país e porque nos jornais não há ninguém capaz de escrever artigos para serem lidos, na verdade não são jornais no sentido específico da palavra, nenhuma pessoa com um mínimo de instrução chamaria de jornais esses catálogos de ofertas, esses mostruários de anúncios publicitários, por isso digo que as pessoas não compram os jornais para lê-los, e sim para folhear os anúncios, para ficar por dentro das melhores ofertas, é para isso que servem, para que você fique por dentro dos anúncios e das ofertas, me disse Vega. E nunca vi colunistas tão fanáticos, colunistas tão raivosos e obtusos, com tal miséria intelectual e espiritual como o destes jornais: nesta mesma manhã, um deles escreveu que o presidente Bill Clinton é comunista, que o secretário-geral da ONU é comunista, que a ONU, na verdade, é uma organização controlada por trás dos panos pelos comunistas. Não interessa que já faça quatro anos que os comunistas saíram em debandada, não importa que estejam falando do presidente dos Estados Unidos, para o colunista deste asqueroso catálogo de ofertas, o tempo não passou e o mundo não vai além de suas obsessões patológicas, me disse Vega. Um verdadeiro nojo, esses jornais, se você pensar bem, Moya, mas as pessoas gostam, esse povo é tão bruto e abjeto que esse é o tipo de jornalismo que gostam, não há o que se fazer, Moya, por isso é melhor você não tentar bancar o redentor, melhor entender que não é possível mudar o gosto dessa gente através de um jornal feito para ser lido, garanto que ninguém comprará, garanto que ninguém se interessa por um jornal feito para ser lido, seria a coisa mais estranha neste país, a existência de um jornal para ser lido, a única coisa que importa aqui são os anúncios e as ofertas, me disse Vega. Por sorte, só ficarei uma semana mais neste lodo e não ficarei mais com os nervos alterados por causa desses catálogos de ofertas enfurecedores que chamam de jornais, por sorte não preciso mais suportar meu irmão e sua família, Moya, por sorte agora posso me trancar no quarto de hotel para ler meus livros, esperando as ligações do advogado para assinar os últimos documentos necessários para a venda da casa de minha mãe. Você não pode imaginar o alívio que sinto ao saber que passarei a noite no quarto de hotel, Moya, me disse Vega, sinto um enorme alívio de saber que a última semana que ficarei neste país poderei passar fechado no meu quarto, com ar-condicionado, sem precisar acompanhar meu irmão e sua esposa em todos esses passeios horríveis a que me obrigaram a ir, todos esses lugares horríveis que supostamente os salvadorenhos que voltam ao país estão loucos para visitar, esses lugares que chamam de "típicos" e que teoricamente eu deveria ter sentido falta durante os dezoito anos em que morei fora, como se eu, alguma vez, tivesse sentido nostalgia por algo relacionado a este país, como se este país tivesse algo de valioso pelo qual uma pessoa pudesse sentir nostalgia. Uma estupidez, Moya, uma tremenda estupidez, me disse Vega, mas eles não acreditaram quando comentei que nada daquilo me interessava, eles pensaram que eu estava brincando quando repetia que não sentia saudades de nada, e me levaram para comer *pupusas* no Parque Balboa, comer essas horríveis *tortillas* gordurosas cheias de torresmo que as pessoas chamam de *pupusas*, como se essas *pupusas* me dessem algo além de diarreia, como se eu pudesse apreciar tal comida gordurosa e diarreica, como se eu gostasse de ter na boca esse sabor asqueroso das *pupusas*, Moya, não há nada mais gorduroso e prejudicial do que as *pupusas*, nada mais sujo e prejudicial para o estômago do que as *pupusas*, me disse Vega. Só a fome e a estupidez congênita podem explicar por que esses seres humanos gostam de comer com tal fruição algo tão repugnante como as *pupusas*, só a fome e a ignorância podem explicar que estes sujeitos consideram as *pupusas* o prato nacional, Moya, me escute, você nunca poderá criticar as *pupusas*, nunca pode falar que é uma comida repugnante e prejudicial, podem matar você, Moya, você deve levar em consideração que dezenas de milhares de salvadorenhos moram nos Estados Unidos sonhando com suas repugnantes *pupusas*, desejando ardentemente comer suas diarreicas *pupusas*, que existem até mesmo redes de *pupuserías* em Los Angeles, me disse Vega, e nunca se esqueça que os cinco milhões de salvadorenhos que permanecem em El Salvador comem religiosamente, nas tardes de domingo, seu prato de *pupusas* repugnantes, essas *tortillas* gordurosas cheias de torresmo, essa porcaria frita que serve de hóstia para a comunhão vespertina. O fato de que as *pupusas* são o prato nacional de El Salvador demonstra que até o paladar dessa gente é obtuso, Moya, só quem tem o paladar atrofiado pode considerar essas repugnantes *tortillas* gordurosas cheias de torresmo algo comestível, me disse Vega, e como eu tenho meu paladar normal, me recusei terminantemente a comer essas porcarias, me neguei de tal forma que meu irmão logo entendeu que eu não estava brincando e que não comeria essas repugnantes *pupusas*, e talvez essa tenha sido a primeira discussão que tivemos, porque ali mesmo, no Parque Balboa, ele começou a criticar minha ingratidão e aquilo que chamou de falta de patriotismo. Pode imaginar, Moya?, como se eu considerasse o patriotismo uma virtude, como se não estivesse completamente certo de que o patriotismo é outra dessas idiotices inventadas por políticos, enfim, como se o patriotismo tivesse algo a ver com as repugnantes *tortillas* gordurosas cheias de torresmo que, se tivesse comido, meu intestino ficaria arruinado, minha colite nervosa teria ficado ainda mais aguda, me disse Vega. Assim foram os passeios com meu irmão e sua família, Moya, um verdadeiro pesadelo, uma maneira rápida de piorar minha colite nervosa, um método eficaz para deixar meus nervos alterados, nada mais destrutivo para o meu equilíbrio emocional do que esses passeios com meu irmão e sua família, especialmente porque os filhos de meu irmão têm todas as características necessárias para acabar com minha tranquilidade, são duas crianças capazes de me enlouquecer só de me lembrar delas, crianças especialmente idiotas e perniciosas porque não fazem nada além de assistir à televisão, crianças que não têm nada na cabeça além dos seriados de televisão que assistem o dia todo, crianças que acham que a vida é um seriado de televisão, realmente horrível, Moya, não sei como as tolerei por tanto tempo sem perder as estribeiras, não sei como fiz para suportar durante quinze dias essas crianças idiotas e perniciosas que arruinavam meu humor no mesmo instante em que falavam "tio", me disse Vega. Nenhum ser humano é mais insuportável do que uma criança, Moya, não tem nada que considero mais insuportável do que conviver com crianças, por isso nunca moraria num lugar que tivesse crianças, me disse Vega, só o estado radical de alteração nervosa que a minha volta ao país provocou pode explicar o fato de eu ter aceitado o convite de meu irmão de ficar na casa dele durante este mês, sabendo que meu irmão tinha filhos de 9 e 7 anos de idade, crianças que são mais irritantes do que qualquer outra que conheci na minha vida, porque, para os filhos de meu irmão, eu não era um adulto qualquer, para os filhos de meu irmão sou o tio Edi, faça-me um favor, Moya, os filhos de meu irmão me chamam de tio Edi, não havia como fazer aquelas crianças idiotas e irritantes pararem de me chamar de tio Edi, não adiantava repetir que meu nome é Edgardo, que eles deviam me chamar de Edgardo, pois este é o meu nome, de nada adiantou que eu não desse bola para eles, que me fizesse de desentendido quando eles me chamavam de tio Edi, nunca compreenderiam que meu nome é Edgardo, o fato de eu me chamar Edgardo e não tio Edi era demais para as cabecinhas estúpidas e perniciosas que só entendem os seriados de televisão, me disse Vega. Nunca, durante a minha vida adulta, alguém tinha me chamado de Edi, muito menos de tio Edi, Moya, se tem algo que detesto é esse horrível costume de usar diminutivos, só um ser vil e imbecil poderia me chamar de Edi ao invés de Edgardo, foi isso que falei à minha mãe, muitíssimos anos atrás, quando estava recém-saído da adolescência, quando recém terminava meu calvário no colégio de irmãos maristas onde te conheci, me disse Vega, e minha mãe sofreu para não me chamar mais de Edi, minha mãe não entendeu que meu nome era Edgardo, até que me mudei para Montreal e fiquei dois anos sem falar com ela, sem ter o menor contato com ela. Esta é a verdade, Moya: a estupidez só pode ser cortada pela raiz, a estupidez humana não entende meios-termos, me disse Vega, por isso agora estou feliz, pois não terei mais que escutar os filhos do meu irmão, fico tranquilo de saber que não precisarei mais ouvir essas crianças irritantes me chamando de tio Edi, não terei que responder a suas perguntas bobas sobre seriados de televisão idiotas e perniciosos que são o seu único alimento espiritual, nem terei que acompanhá-los nesses passeios que só serviram para me irritar, me disse Vega.

O pior de todos os passeios, Moya, o mais infame de todos, o que me destruiu quase por completo, o que reduziu meus nervos a pó, foi a ideia nefasta de meu irmão de me levar até o porto, sua ideia horrível de irmos até o mar, comer mariscos e tomar banho de mar, junto com sua esposa e as crianças perniciosas, porque acham que um salvadorenho recém-chegado, depois de muitos anos vivendo fora, o que mais deseja é ir à praia, aproveitar que o porto está a apenas trinta quilômetros de San Salvador, era o que imaginava o meu irmão, que eu tivesse um desejo incontrolável de viajar até o porto, me disse Vega. Um porto asqueroso, Moya, um porto que se chama La Libertad em um país como este só pode ter sido pensado por uma mente pérfida, chamar de La Libertad um porto inútil e abandonado é mais do que uma piada, chamar La Libertad um cais bagunçado que parece prestes a afundar na água mostra claramente o conceito de liberdade que essa gente tem, Moya, é um porto deprimente, um lugar no qual faz um calor embrutecedor, onde o sol nos atinge sem misericórdia, onde os habitantes têm a típica expressão de quem foi embrutecido pelo calor e pelo sol desde sempre, me disse Vega. Meu irmão insistiu para ficarmos em um restaurante chamado Punta Roca, frente à praia, a uns quinhentos metros do cais arruinado, um restaurante cujo atrativo é a proximidade da praia e a vista para o mar e para o cais arruinado, um restaurante que tolerei apenas porque me protegia do sol embrutecedor e passava uma brisa que apenas atenuava um pouco o calor embrutecedor, me disse Vega. E, assim que nos instalamos no restaurante, Moya, com as crianças perniciosas me irritando sem parar, meu irmão sugeriu pedir uma porção de ostras, disse que não há nada mais prazeroso para quem acaba de voltar ao país do que comer uma porção de ostras na praia, com uma cerveja Pilsen bem gelada, foi o que ele me falou, Moya, como se eu não tivesse avisado que essa cerveja horrível me dava diarreia, como se eu não tivesse comentado que não tinha a menor vontade de comer ostras, pelo simples motivo de que ostras me dão nojo, não há nada mais repugnante do que esses mariscos se retorcendo no suco de limão. Acho inconcebível que alguém seja capaz de comer tal comida asquerosa, Moya, uma vez provei esses bichos, há mais de vinte anos, e não precisei experimentar mais de uma vez para constatar que esses bichos imundos têm gosto de excremento, não há nada mais próximo de comer excrementos do que comer ostras, o gosto das ostras só consigo relacionar com o gosto de excremento, é algo nauseante, Moya, um ato realmente nauseante que só pode ser realizado por seres embrutecidos pelo calor e pela vida próxima ao mar, foi isso que disse ao meu irmão, que eu não tinha a menor vontade de comer algo tão nauseante como uma porção de ostras, que por nada no mundo eu estava disposto a pôr na boca uns bichos vivos com gosto de excremento, me disse Vega. Meu irmão se incomodou, Moya, especialmente porque falei que as ostras pareciam mais nauseabundas que as *pupusas*, que o fato de as ostras e as *pupusas* serem os pratos típicos do país só confirmava a minha ideia de que aqui as pessoas têm o paladar atrofiado. Você não sabe o quanto sofri neste passeio, Moya, não imagina o grau de desespero ao qual fui conduzido pelo calor embrutecedor desse sol, nem imagina o nível de irritação nervosa que atingi neste porto sob o ataque embrutecedor do sol e do calor, nem a agitação que sofri neste restaurante, sendo acossado por essas crianças perniciosas e a presença do meu irmão mastigando aquelas ostras nauseantes com gosto de excremento e a vista do cais arruinado ao fundo, me disse Vega. O pior foi quando meu irmão propôs que fôssemos dar um mergulho, foi assim que ele disse, que fôssemos dar um mergulho agora que a maré estava baixa, que entrar no mar me reanimaria, o movimento das ondas me faria bem, nada mais saudável do que um banho de mar ao sol, ele me emprestava um traje de banho, para eu me animar, foi isso que disse. Incrível, Moya, meu irmão achava que eu seria capaz de me fazer de ridículo, me disse Vega, que eu sentiria prazer de sair quase nu nesse sol embrutecedor, para me encher de areia suja e entrar na água salgada, que eu ficaria entusiasmado em me jogar nas ondas e na areia podre. Nunca vi praias mais horríveis que as deste país, Moya, nunca vi areia mais podre que a dessas praias, e o porto La Libertad sem dúvida tem as praias mais abomináveis, com uma areia tão podre que a pessoa precisa ser louca para querer caminhar nela, só sujeitos completamente loucos podem sentir algum prazer caminhando na areia dessas praias abomináveis, foi isso que eu disse ao meu irmão, que por nada no mundo eu ficaria debaixo desse sol embrutecedor, para me encher dessa areia podre e ficar pegajoso com essa água fedorenta dessa praia abominável, me disse Vega. Agora estou tranquilo, porque não terei mais que fazer esses passeios, Moya, meu irmão não terá mais a ousadia de me convidar para um passeio, de me convidar para visitar esses lugares que os salvadorenhos que moram em outro país sentem falta, um sentimento que só revela a sua estupidez congênita, ainda que, para falar a verdade, quem mais queria realizar esses passeios era a mulher de meu irmão, Clara, sobre quem ainda não falei, Moya, não há nada mais repugnante do que descrever esse ser humano, é a primeira vez que encontro um ser de tal natureza, um ser cujo universo intelectual se limita às colunas sociais dos jornais e às telenovelas mexicanas, uma ex-funcionária de uma rede de lojas de roupas que, sabe-se lá como, pescou o energúmeno do meu irmão para criar essa coisa espantosa que chamam de lar, me disse Vega. Você não vai acreditar, Moya, como essa criatura passa tempo lendo as colunas sociais do jornal, essa criatura passa a manhã toda de todos os dias revisando minuciosamente e com a maior emoção as colunas sociais do jornal, essa é a sua principal fonte de entretenimento, a única coisa que dá sentido à sua vida: saber dos chás, dos aniversários, dos noivados e dos casamentos, dos nascimentos e mortes de pessoas que nunca conheceu nem nunca conhecerá, porque ela foi apenas uma funcionária de uma rede de lojas que encontrou um energúmeno dedicado a chaves e fechaduras, me disse Vega. É incrível, Moya, essa ex-funcionária só fala dos eventos de gente da alta sociedade, sabe tudo que cada uma dessas pessoas faz, aprecia loucamente os acontecimentos na vida das pessoas da alta sociedade através da sua leitura minuciosa das colunas sociais. Nunca tinha visto uma criatura com esta natureza, Moya, juro, jamais imaginei que encontraria alguém cujo maior sonho é aparecer na coluna social, jamais imaginei que alguém me chamasse de "cunhado" e, em seguida, me relatasse algum caso da gente da alta sociedade que ela ficou sabendo através da coluna social dos jornais, me disse Vega. Uma criatura repugnante, Moya, uma ex-funcionária que dificilmente aparecerá alguma vez nas colunas sociais e que sem dúvida nunca conhecerá pessoas da alta sociedade, pessoas sobre as quais lê com tanto entusiasmo no jornal, porque as pessoas da alta sociedade não estão interessadas em conhecer uma ex-funcionária arrivista, uma criatura que passa a manhã com o cabelo cheio de bobes, com a TV ligada e a sua atenção dedicada às historietas das pessoas da alta sociedade publicadas na coluna social dos jornais, me disse Vega. Você tinha que vê-la, Moya, com o cabelo cheio de bobes, o televisor no volume máximo, e ela lendo febrilmente as colunas sociais, um espetáculo grotesco, uma aberração nauseante, me disse Vega. E, à tarde, é pior: ela se senta frente à televisão e se emociona com essas novelas mexicanas desprezíveis e estupidificantes, enquanto, ao mesmo tempo, tagarela ao telefone com suas amigas sobre os acontecimentos na vida das pessoas da alta sociedade e sobre as novelas mexicanas com as quais se intoxica naquele momento, vive tagarelando pelo telefone com amigas, que com certeza são ou foram funcionárias de uma rede de lojas de roupa e que sonham em aparecer na coluna social do jornal e em conhecer as pessoas sobre as quais leem todos os dias, funcionárias ou ex-funcionárias de lojas de roupa que vivem como se a vida fosse uma novela mexicana e elas fossem essas atrizes frívolas e estúpidas que protagonizam essas novelas mexicanas desprezíveis e estúpidas, me disse Vega. É um caso e tanto, a esposa de meu irmão, Moya, um caso digno de novela mexicana, uma criatura que me deixa surpreso com a minha capacidade de resistência, por ter conseguido dormir quinze dias naquela casa, uma verdadeira proeza de minha parte, ainda que minha saúde tenha sofrido com isso, ainda que tenha piorado a minha colite nervosa e o meu sistema nervoso tenha ficado alterado, foi uma verdadeira proeza. Mas peça outro uísque, Moya, me propôs Vega, não pare por minha causa, eu só consigo beber dois copos, nem um a mais, culpa da colite; é assim que faço, Moya: bebo dois uísques e depois fico na água mineral, pois apesar de saber que não posso beber mais que dois copos, que não posso tomar nem um a mais por causa da minha colite nervosa, bebo com rapidez, como fiz hoje, todos os dias a mesma coisa, não consigo evitá-lo, tomo meus dois uísques rapidamente, mesmo que depois fique bebendo água mineral, me disse Vega, pois, afinal de contas, o que mais gosto é de ter umas horas de tranquilidade, sem esses bêbados chatos das cervejarias onde vendem aquela cerveja execrável e diarreica, aproveito o momento escutando músicas que gosto, graças a Tolín, que pode satisfazer os meus pedidos nestas horas em que quase não há outros clientes. Aproveito o entardecer, gosto de saborear o entardecer no pátio, é a única coisa que me tranquiliza, a única coisa que me relaxa nesta cidade que foi feita para me irritar; neste pátio me refresco, Moya, sob este abacateiro e esta mangueira me refugio do calor desta cidade. Este foi o meu oásis para fugir da agitação absurda desta cidade asquerosa e da estupidez de meu irmão e daquela criatura viciada em novelas e daquelas crianças perniciosas. Tenho sorte de que agora poderei ficar trancado em meu quarto de hotel lendo os livros que trouxe de Montreal, me disse Vega, tive o bom senso de trazer livros o suficiente para não cair no mais profundo desespero, previ que neste país não encontraria nada para alimentar o meu espírito: nem livros, nem exposições, nem obras de teatro, nem filmes, absolutamente nada para alimentar o meu espírito, Moya, aqui confundem vulgaridade com arte, confundem estupidez e ignorância com arte, não acho que exista um povo mais inimigo da arte e das manifestações do espírito que este, você só precisa ficar neste bar até depois das oito horas da noite, quando começam os tais "espetáculos artísticos" para entender que aqui confundem arte com imitações pobres. Não acho que exista outro povo com as energias criativas tão atrofiadas para tudo que tenha a ver com arte e as manifestações do espírito, me disse Vega. No primeiro dia que vim a este bar fiquei até tarde, Moya, e presenciei um "espetáculo artístico": um grupo de jovens subiu no palco que está em frente ao balcão, um dos principais grupos de rock nacional, era o que dizia o cartaz. Uma experiência execrável, uma contundente forma de aterrorizar qualquer sujeito que tenha um mínimo de sensibilidade artística, a forma mais grotesca que conheci de confundir o ruído com a música, Moya, esses sujeitos eram uns desalmados na hora de desafinar, não se importavam com nada além de seus ruídos, ficavam extasiados com suas imitações canalhas de músicas velhas de grupos ingleses de rock, destroçaram sem a menor vergonha várias canções dos Beatles, dos Rolling Stones, do Led Zeppelin; nunca vi sujeitos capazes de arruinar sem a menor vergonha a música desses ingleses. Saí daqui apavorado, Moya, com os nervos crispados. No dia seguinte, Tolín me perguntou se eu ficaria para o "espetáculo artístico" da noite, dessa vez seria um grupo de música folclórica latino-americana. Respondi que não, por nada no mundo voltaria a passar por essa experiência, me disse Vega. Sempre acho a música folclórica latino-americana particularmente detestável, Moya, desde sempre detestei com um nojo especial a música folclórica latino-americana, nada é tão detestável como essa música chorosa que vem dos Andes, interpretada por sujeitos vestindo ponchos andinos, sujeitos que se consideram guerreiros de causas justas por interpretar essa música chorosa disfarçados com seus ponchos andinos, na verdade são farsantes que se disfarçam de latino-americanos para enganar imbecis que se sentem participantes dessas causas justas ao escutar essas músicas chorosas. Conheço muito bem esses farsantes dedicados a lucrar com as causas justas através de música folclórica latino-americana chorosa e detestável, conheço muito bem, pois em Montreal há tanta gente assim que dá nojo, Moya, faz décadas que o latino-americano se identifica com essa música detestável que os comunistas chilenos expulsos por Pinochet transformaram em moda, as únicas pessoas de quem fugi com tanto nojo quanto os esquerdistas salvadorenhos são esses comunistas chilenos responsáveis por essa música detestável e chorosa. O pior que podia me acontecer era viajar de Montreal a San Salvador para escutar essa música detestável interpretada por sujeitos que se disfarçam de latino-americanos, foi isso que falei a Tolín, me disse Vega. Só precisei assistir uma vez para ficar curado dos tais "espetáculos artísticos" que se apresentam neste bar, essa banda de rock canalha foi o suficiente, folhear os jornais e ver televisão na casa de meu irmão foi o bastante para eu ter uma ideia do deserto onde estou, Moya, isto aqui é um buraco, um poço muito fundo, e os autodenominados artistas e seus produtos não passam de uma farsa, algo patético, porque se acham o máximo, sua ignorância e sua mediocridade são tais que só podem se achar os melhores artistas do mundo e não uns vulgares imitadores medíocres. Um verdadeiro nojo, me disse Vega, um país onde não há artistas, e sim imitadores, onde não há criadores, e sim sujeitos que copiam de forma medíocre. Não entendo o que você faz aqui, Moya, você que resolveu se dedicar à literatura deveria buscar outros horizontes. Este país não existe, posso garantir, pois nasci aqui, mas recebo frequentemente as principais publicações sobre arte do mundo todo, leio com atenção as seções sobre cultura e arte dos principais jornais e revistas do mundo todo, por isso garanto que este país não existe, pelo menos artisticamente, ninguém sabe nada sobre ele, ninguém se interessa, nenhum indivíduo nascido neste território existe no mundo da arte, somente aparecem pela política ou pelos crimes, me disse Vega. Você precisa sair daqui, Moya, zarpar, se mudar para um país que exista, é a única maneira de escrever algo que valha a pena, não esses continhos famélicos que você publica aqui, e aqui aplaudem você, mas isso não serve para nada, Moya, pura adulação provinciana, você precisa escrever algo que valha a pena, e aqui não será possível, tenho certeza disso. Já disse: o povo é inimigo da arte e das manifestações do espírito; sua única vocação é o comércio e os negócios, por isso todos querem ser administradores de empresas, para gerenciar melhor os seus negócios, por isso todos se curvam perante os militares, porque esses aprenderam a ser comerciantes eficazes e montaram negócios de primeira graças à guerra, me disse Vega. Esta é uma cultura ágrafa, Moya, uma cultura que rejeita a palavra escrita, uma cultura sem nenhuma vocação para o registro e a memória histórica, sem nenhuma percepção do passado, uma "cultura de mosca", seu único horizonte é o presente, o imediato, uma cultura com a memória de uma mosca que colide a cada dois segundos contra o mesmo vidro porque dois segundos depois já se esqueceu da existência do vidro, uma cultura miserável, Moya, para a qual a palavra escrita não tem a menor importância, uma cultura que saltou do analfabetismo mais atroz para um mergulho na estupidez da imagem televisiva, um salto mortal, Moya, esta cultura pulou a palavra escrita, apenas pulou por cima dos séculos em que a humanidade se desenvolveu a partir da palavra escrita, me disse Vega. Mas a verdade, Moya, para além desta miséria cultural, e considerando o carinho que tenho por você, é que você deveria pensar se realmente tem vocação de escritor, se realmente tem o talento, a vontade e a disciplina necessária para criar uma obra de arte, falando sério, Moya, com esses continhos famélicos você não vai a lugar nenhum, não é possível que, com a sua idade, você continue publicando esses continhos famélicos que passam totalmente despercebidos, que ninguém conhece, que ninguém leu porque ninguém se interessa, esses continhos famélicos não existem, Moya, só para os seus amigos do bairro, nenhum desses continhos famélicos com sexo e violência valem a pena, digo isso de forma carinhosa, acho que você deveria insistir no jornalismo ou em outras áreas, mas publicar, na sua idade, esses continhos famélicos é de dar pena, me disse Vega, por mais sexo e violência que você coloque neles, não haverá maneira de fazer esses continhos famélicos transcenderem. Não perca tempo, Moya, este não é um país de escritores, é impossível que este país produza escritores de qualidade, não é possível que surjam escritores que valham a pena em um país onde ninguém lê, onde ninguém se interessa por literatura, nem arte, nem manifestações do espírito. Basta analisar o caso dos famosos, os mitos da província, para descobrir que são escritores regulares, medíocres, sem aptidão para o universal, sempre preocupados mais com ideologia do que com a literatura; não dá para se fazer de idiota, Moya, basta comparar com os países vizinhos para se dar conta de que os mitos locais são de segunda linha: Salarrué ao lado de Asturias é um provinciano mais interessado em um esoterismo do que em literatura, um sujeito mais dedicado a se transformar no santo do povo do que em escrever uma obra vasta e universal; Roque Dalton ao lado de Rubén Darío parece um fanático comunista cujo maior atributo foi ter sido assassinado pelos seus próprios camaradas, um fanático comunista que escreveu alguma poesia decente, mas que, em sua obsessão ideológica, redigiu os poemas a favor do comunismo mais vergonhosos e horripilantes, um fanático militante do comunismo cuja vida e obra estiveram a serviço, com o maior entusiasmo, do castrismo, um poeta que acha que a sociedade ideal era a ditadura castrista, uma anta que morreu durante a sua luta para implantar o castrismo nestas terras, assassinado pelos próprios camaradas que até então eram castristas, me disse Vega. É triste, Moya, uma verdadeira calamidade, prova de que a ignomínia em que vive o povo injeta fanatismo ideológico até nas melhores mentes, uma prova cabal de que o fanatismo ideológico é digno dos povos que vivem em ignomínia. Sei que você não concorda, Moya, mas não vale a pena discutir, não faz o menor sentido discutir a literatura de um país que não existe literariamente, não faz o menor sentido discutir sobre algo pelo qual ninguém se interessa, me disse Vega. Já está anoitecendo, Moya, seria a melhor hora, se não fosse por esses malditos mosquitos que logo aparecerão para tornar a nossa vida impossível, esses malditos mosquitos não me deixaram em paz desde que cheguei a este país, não teve uma noite que não aparecesse essa quadrilha de mosquitos malditos para me acordar e me deixar nervoso, nada me deixou tão nervoso quanto ser acordado à meia-noite por esses malditos mosquitos com seu zumbido desesperador, um zumbido insidioso e desesperador que transformou todas as minhas noites em pesadelos, Moya, não teve uma noite em que eu não tenha acordado para acender a luz da casa de meu irmão para me defender desses malditos mosquitos que, com seu zumbido insidioso e desesperador, foram capazes de me deixar mais nervoso do que nunca, me disse Vega. Estou muito ansioso em saber se o quarto de hotel, assim como a casa de meu irmão, terá uma quadrilha de mosquitos aparecendo pela meia-noite, para me tirar o sono, me deixar nervoso e me obrigar a acender a luz e ficar em estado de alerta para escutar o zumbido e matar esses malditos mosquitos que tornam a minha vida impossível. Se bem que tenho certeza de que os mosquitos apareciam na casa de meu irmão porque a doméstica nunca cumpriu o meu pedido de fechar a porta e as janelas de meu quarto às seis da tarde, uma doméstica lenta e estúpida, que nunca cumpriu nenhum dos pedidos que fiz; uma mulher peituda e bunduda capaz de destruir qualquer roupa ou objeto que caísse em suas mãos, uma máquina de destruição que acabou com os botões da maioria das minhas camisas, que manchou as roupas que eu mais gostava, que passava minhas calças de tal maneira que não seria capaz de vesti-las sem enrubescer. Que ser humano mais desagradável, Moya, essa doméstica do meu irmão, Tina é como a chamam, uma mulher que, mesmo de uniforme, solta chorume de cada poro, uma rapariga hedionda que me obrigou a sempre carregar comigo meus objetos de valor, uma imunda deformada que sempre roubava parte do troco quando eu pedia a ela que me comprasse algo no mercado, uma bunduda com as pernas cheias de marcas de picadas de mosquito e com o rosto cheio de espinhas por causa da quantidade de gordura que ingere, uma mulher que fica mastigando *tortillas* o tempo inteiro, que não consegue viver sem um pedaço de *tortilla* nos beiços, uma verdadeira lesma, uma espécie de animal que só é compatível com a mulher do meu irmão, a deformada e a criatura formam uma dupla e tanto, me disse Vega. E o mais surpreendente, Moya, o que me deixou boquiaberto, o insólito e inconcebível, foi um comentário de meu irmão, que disse que essa lesma bunduda tinha "boas pernas", foi assim que disse, quase excitado, que essas imundas pernas cheias de marcas de mosquito que soltam chorume pelos poros eram "boas pernas", pode imaginar? Umas pernas deformadas pelas picadas e pela podridão e o meu irmão acha que são "boas pernas". É de vomitar, Moya, de se perguntar como é que pode essa raça obtusa ter gostos tão rasteiros. Não tenho a menor dúvida de que a experiência que vivi nestes quinze dias poderia ser sintetizada em uma frase: a degradação do gosto. Não conheço nenhuma cultura, Moya, escute-me com atenção e lembre-se que minha especialidade consiste em estudar culturas, não conheço nenhuma cultura que, como esta, tenha levado a degradação do gosto a níveis tão baixos, não conheço nenhuma cultura que fez da degradação do gosto uma virtude, na história contemporânea, nenhuma cultura transformou a degradação do gosto em sua mais preciosa virtude, me disse Vega. Você pode constatar isso no momento em que entra no avião rumo a este país. É uma viagem que não recomendo a ninguém que tenha problemas nervosos, uma viagem feita especialmente para deixar você nervoso, uma viagem que por pouco não me levou a uma crise nervosa incontrolável. Nunca tinha tido uma experiência assim, Moya. Entrei no avião em Nova York, depois de sair apressado de Montreal, sem imaginar que, na escala em Washington, o avião se encheria de primatas de chapéu com cara de criminosos, uns primatas com cara de criminosos que, por sorte, tinham deixado seus facões e punhais na alfândega, uns malcriados que, se pudessem transportar armas, tenho certeza que teriam feito uma carnificina dentro do avião. Você não faz ideia do que foi essa viagem, Moya. Fiquei sentado entre um primata e uma mulher gorducha de avental, me disse Vega, um primata que tirava ranho do nariz sem parar e colava o ranho em qualquer lugar e uma gorducha que suava aos borbotões e se secava com o avental ou com uma toalha, que carregava ao redor do pescoço. Durante a decolagem, mantiveram distância: o primata concentrado em seu ranho e a gorducha torcendo a sua toalha. Foi o único momento de tranquilidade que tive durante o voo, os únicos minutos de paz e sossego, Moya, porque assim que terminou a decolagem, com o avião na altitude de cruzeiro e as comissárias de bordo servindo a primeira rodada de licor, meus companheiros de assento começaram a falar quase ao mesmo tempo, a falar gritando, primeiro comigo e depois entre eles, e depois comigo outra vez, praticamente me empapando de saliva, roçando nos meus cotovelos, realizando uma espécie de confissão histérica a duas vozes sobre como tinham sido seus últimos anos em Washington, uma confissão histérica sobre as peripécias de dois imigrantes salvadorenhos em Washington, as aventuras de um primata que não parava de tirar ranho e uma gorducha que de vez em quando esfregava a sua toalha podre empapada de seu suor igualmente podre em mim. Horrível, Moya, porque, ao passo que falavam, que ficavam mais entusiasmados, exalavam de forma mais intensa os seus cheiros putrefatos, sem parar de me relatar as suas peripécias e aventuras que eu não tinha o menor interesse de escutar, me disse Vega. Um preâmbulo macabro do que me esperava ao chegar em San Salvador, uma arrepiante travessia na qual o arruaceiro vociferava que vinha de um povoado chamado Polorós, trabalhava como jardineiro em Washington e há três anos não voltava a El Salvador, enquanto a gorducha respondia que ela era de Osicala, trabalhava como empregada doméstica em Washington e há cinco anos não voltava a El Salvador. O pior foi quando serviram a primeira bebida, Moya, nunca vi pessoas perderem as estribeiras com tanta facilidade, nunca vi pessoas enlouquecerem de forma tão fulminante logo após beber um drinque: começaram a cuspir no piso da cabine, sem parar de vociferar, passaram a cuspir e fazer gestos obscenos para acompanhar a gritaria, riam de forma obscena, enquanto o caipira agora colava seus ranhos de forma descarada na janelinha e a gorducha brandia a toalha como se fosse uma arma. Teve um momento que pensei que meus nervos estourariam, me disse Vega, e me levantei para ir ao banheiro: então, descobri que cenas semelhantes à que ocorria na minha fila aconteciam por todo o avião. Horrível, Moya, uma experiência apavorante, a pior viagem de minha vida, sete horas naquele avião cheio de caipiras recém-fugidos de algum manicômio, sete horas entre sujeitos que ficam babando, gritando e chorando de alegria porque estavam prestes a voltar a esta podridão, sete horas entre sujeitos enlouquecidos pelo álcool e pelo iminente retorno àquilo que chamam de pátria. Juro, Moya, nunca vi, em filme algum, uma cena semelhante àquela, em nenhum romance li algo parecido com esta viagem que fiz entre essas pessoas que ficam transtornadas com dois copos de bebida e com a proximidade do lugar onde nasceram, me disse Vega. Foi algo realmente horripilante, um espetáculo do qual só pude escapar nos momentos em que me refugiava no banheiro, mas logo os banheiros se tornaram lugares asquerosos por causa dos cuspes, dos restos de vômito, urina e outros excrementos; logo os banheiros se tornaram um espaço irrespirável porque esses sujeitos mijavam na pia, Moya, tenho certeza de que esses caipiras que babavam e tinham um olhar de criminosos, entusiasmados com o retorno iminente a esta podridão, urinavam nas pias, só isso pode explicar o fedor que me impediu de me refugiar nos banheiros. E não foi só isso: ainda tive que resistir ao momento no qual a gorda suada com a toalha enrolada ao redor do pescoço e o avental bagunçado ficou de pé, cuspiu no chão e começou a gritar, sacudindo o copo de tal maneira que voava bebida em mim, gritando que uma aguardente chamada "Muñeco" era dez vezes melhor que esse uísque, insistindo com raiva que essa aguardente atroz chamada "Muñeco", que deveria ser usada para tirar os fungos do pé, era muito melhor que o uísque de maricas que bebia, insultando as comissárias de bordo porque não queriam servir outra bebida que não aquele uísque de maricas; e, em seguida, a gorducha, que cada vez suava mais e agora brandia de forma ameaçadora a sua toalha empapada, fez o gesto de quem está prestes a vomitar, me disse Vega. Saí correndo; me refugiei no espaço dos comissários de bordo, justo na entrada dos banheiros, com os nervos prestes a explodir, vociferando contra o fato de minha mãe ter morrido no dia anterior e eu ser obrigado a voltar a um país que detesto por todos os motivos possíveis, um país habitado por sujeitos babões de olhar criminoso que têm o hábito de urinar nas pias de um avião voando, por gordas suarentas e enlouquecidas que esperam a menor provocação para vomitar sobre os seus companheiros de assento nos aviões. Você pode imaginar, Moya, que saí do avião totalmente transtornado, aquilo tinha sido a minha estadia no inferno, descer no aeroporto tinha se tornado a coisa que eu mais desejava nas últimas horas de voo, chegar ao aeroporto de Comalapa era a minha salvação, a possibilidade de voltar a certa normalidade, a possibilidade de constatar que a vida era outra coisa, não tinha nada a ver com essas setes horas trancado em um avião com sujeitos sinistros que colavam ranho nas janelinhas e te acertavam com uma toalha empapada de suor, me disse Vega. Mas imagine a minha surpresa, Moya, quando, chegando à sala de imigração, me encontrei entre centenas de pessoas idênticas àquelas que viajavam comigo, massas furibundas exatamente iguais às que estavam no avião, com centenas de caipiras de chapéu e gorduchas de avental que vinham de Los Angeles, San Francisco, Houston e sabe-se lá de que outras cidades, uma multidão imensa se amontoava na sala de imigração, formando um caos agonizante. Tive medo que uma crise me atingisse naquele mesmo instante, me disse Vega, por isso tentei sair daquela confusão, fiz um grande esforço para passar pela massa de gente sinistra, concentrei minhas energias para passar por entre essa massa asfixiante com o objetivo de chegar a um banheiro no qual poderia me refugiar, no qual pudesse recuperar minhas forças, e me tranquei por meia hora, sentado em uma privada, vítima de um ataque nervoso, prestes a ter uma crise, suando e tremendo, repetindo que não tinha volta, já me encontrava no território que jurei nunca voltar. Ainda sinto calafrios só de lembrar, Moya. Saí da cabine exausto, fui lavar meu rosto na pia, esfregar meu rosto freneticamente frente ao espelho, me convencer de que as coisas não seriam tão exageradamente horríveis, repetindo a mim mesmo que só ficaria para os funerais de minha mãe e para realizar os trâmites legais que me dariam direito a parte de sua herança, que não havia o que temer porque sou um cidadão canadense, meu passaporte estava ali, no bolso do casaco, como minha maior garantia. Imaginei que aquela gentalha já tinha saído da sala de imigração, me disse Vega, então reuni minhas forças para enfrentar a agente de imigração, uma anã ranzinza que pegou meu passaporte sem nem me olhar na cara, consultou seu computador, carimbou o passaporte e disse "passe". Mas estava claro que eu não ia conseguir me livrar tão facilmente daquela multidão de caipiras e gorduchas. Comprovei isso enquanto descia as escadas rolantes em direção à alfândega: horrível, Moya, lá estava o mesmo pandemônio que eu tinha encontrado na sala de imigração, e pior ainda, centenas de sujeitos se amontoavam entre as paredes e as esteiras onde colocavam a bagagem, centenas de sujeitos febris que se acotovelavam e cuspiam para poder retirar caixas enormes repletas das mercadorias mais inusitadas, centenas de sujeitos enlouquecidos empilhavam caixas e mais caixas como se aquilo fosse um mercado caótico e asfixiante. Não sei como consegui resgatar minha mala, Moya, mas não adiantou nada, pois tive que esperar horas até que cada um desses sujeitos, com suas dezenas de caixas, passassem por uma minuciosa revista por parte do agente da alfândega, um sujeito grosseiro de óculos e bigode que passava o maior tempo possível revistando cada mala, um sujeito grosseiro cuja missão consistia em deixar todos aqueles sujeitos ainda mais agitados, um sujeito grosseiro que com certeza se divertia inflamando os ânimos daquelas centenas de pessoas que estavam ansiosas para que suas malas cheias das tralhas mais inusitadas passassem logo, porque esses sujeitos tinham realizado trabalhos infames e ignominiosos nos últimos anos para economizar dinheiro que os permitiria comprar porcarias para dar a seus familiares que agora os esperavam, ávidos e gananciosos, atrás da porta de vidro, me disse Vega. E quando, enfim, atravessei a porta de vidro que levava à rua, passei por outra multidão pegajosa, uma horripilante massa de sujeitos que soltavam odores nauseabundos e em cujos rostos só exibiam a ganância e o desejo de se apoderar daquelas malas repletas de tralhas inusitadas. O trópico é um lugar espantoso, Moya, o trópico transforma os homens em seres podres e de instintos primitivos como esses pelos quais me vi obrigado a passar me esfregando neles para conseguir sair do terminal e procurar um táxi. Nenhuma impressão é mais negativa do que a saída do aeroporto de Comalapa, nenhuma impressão me fez detestar o trópico com tanta intensidade como a minha saída do terminal aéreo de Comalapa: não são apenas as multidões, Moya, e sim o choque que significa passar de um clima suportável do interior do aeroporto a esse inferno de calor insuportável e embrutecedor da costa tropical, a fulminante lufada de calor que me transformou instantaneamente em um animal suarento. Depois de conseguir passar por aquela massa que babava de ganância frente às malas com presentes inusitados, me deparei repentinamente com um grupo de taxistas que, entre empurrões, me disputava como ave de rapina, taxistas uniformizados com camisas azul-celeste e óculos escuros que tentavam pegar minha mala, me disse Vega. Nunca tinha visto indivíduos com um olhar tão marcado pelo desejo de enganar, Moya, nunca tinha visto rostos tão tortos e enganadores como os daqueles taxistas. Mas não tive escolha: a viagem foi improvisada de tal maneira que nem sequer tinha telefonado para o meu irmão para avisar sobre o voo no qual chegaria. Pedi ao taxista que me levasse à funerária, rápido, minha mãe tinha morrido no dia anterior e estavam me esperando para o enterro. E, nesses quarenta quilômetros que separam o aeroporto de Comalapa e San Salvador, durante esse trajeto no qual o vento que entrava pela janela permitiu que eu me recompusesse e conseguisse algum descanso, tive o vislumbre de uma definição que, nestes quinze dias, pude constatar cabalmente: o salvadorenho é esse cidadão que todos carregamos dentro de nós mesmos. Aquele taxista era a maior prova: tentou extrair o máximo de informação de mim, com perguntas maliciosas que me fizeram pensar que ele estava calculando se valia a pena me assaltar, me disse Vega. Um policial que, tendo uma pequena oportunidade, se mostra um larápio, é na verdade um larápio que trabalha de policial, e só neste país se usa a palavra "cuilio" para denominar um ladrão que trabalha de policial, e, nesse caso, a palavra pode ser usada para um taxista xereta que fazia dezenas de perguntas sobre a minha vida para saber se eu era a vítima propícia para que ele exercesse a sua vocação de larápio. Todos os taxistas são "cuilios", Moya, especialmente esse que me levava até San Salvador enquanto fazia perguntas suspeitas sobre a minha vida. Na entrada da cidade, onde antes havia uma casinha de cobre, agora está o chamado Monumento à Paz, um pórtico que só pode ter sido concebido por alguém com uma imaginação rasteira, o Monumento à Paz mostra a falta completa de imaginação desta gente, uma prova contundente da total degradação do bom gosto, me disse Vega.

E o que se encontra mais adiante é ainda pior, Moya, a coisa mais horrível que já vi, chama Monumento ao Irmão Distante, e parece, na verdade, um gigantesco mictório, esse monumento, com sua enorme parede de azulejos, não lembra outra coisa além de um mictório, juro, Moya, que, quando o vi pela primeira vez, não senti nada além de vontade de urinar e todas as vezes que passo pelo Monumento ao Irmão Distante a obra não faz nada além de agitar meus rins. Essa é a obra-prima da degradação do gosto: um gigantesco mictório construído em agradecimento aos caipiras e gorduchas que vêm dos Estados Unidos carregados de caixas cheias de tralhas inusitadas, me disse Vega. Só um grupo de idiotas que se tornaram governantes poderia gastar o dinheiro do Estado na construção desse horror que expressa descaradamente a degradação do gosto imperante neste país, só um grupo de idiotas com apoio do Estado poderia fomentar de tal maneira a degradação do bom gosto através dos chamados "monumentos". Trata-se, na verdade, de monumentos à degradação do gosto, não são nada mais do que monumentos à falta de imaginação e à extrema degradação do gosto dessa raça, me disse Vega. O que se pode dizer dessas enormes cabeças dos chamados chefes da pátria, essas cabeças enormes e deformadas de mármore colocadas ao longo do que antes era chamada de Autopista Sul, estes horrendos trambolhos de mármore que supostamente reproduzem os rostos do chamados chefes da pátria, essas cabeças horrendas e deformadas conhecidas popularmente como Los

Picapiedra: só uma mentalidade troglodita pode conceber tais trambolhos de mármore, só uma mentalidade troglodita e de história em quadrinhos poderia conceber que esses trambolhos sejam esculturas e devam ser exibidas publicamente, algo que em outro lugar seria visto com horror, aqui se exibe com orgulho. É incrível, Moya. Chamam de "Los picapiedra" porque os chamados chefes da pátria com certeza não passaram de trogloditas como os idiotas que agora gastam o dinheiro do Estado mandando fazer monumentos e esculturas que só revelam a total degradação do gosto, me disse Vega, os chefes da pátria devem ter sido uns trogloditas dos quais se origina a imbecilidade congênita da raça, só o fato de que os chamados chefes da pátria tenham sido trogloditas explicaria o cretinismo generalizado que impera neste país. Eu te pago um último uísque, Moya, me ofereceu Vega, para que tome uma saideira enquanto eu bebo minha última água mineral e peço a Tolín que me devolva o CD do *Concerto em Si Bemol Menor*, de Tchaikovsky, porque já começou a chegar mais gente, Moya, clientes que com certeza vieram reservar a sua mesa para testemunhar o assim chamado "espetáculo artístico" da noite. Quero estar às sete horas no hotel, comer um jantar frugal e me trancar no quarto, me disse Vega. Nada mais prazeroso do que me deitar na cama, ler tranquilamente, sem nenhuma televisão ligada por perto, sem os gritos irritantes da mulher de meu irmão e de seus filhos perniciosos; nada mais tranquilizante do que me fechar no quarto para ler, meditar e descansar. Fico feliz só de pensar que estou a salvo dos convites do meu irmão para ir ao bordel, Moya, não tem nada mais horrível do que estar obrigado a escolher entre os convites de meu irmão para sair e a perspectiva de passar a noite em um ambiente cercado de três televisões ligadas a todo volume, cada uma em um canal diferente. Só uma vez aceitei o convite de meu irmão para sair e comer alguém, me disse Vega, uma única noite, uma noite impossível de repetir foi o suficiente para que eu nunca mais aceitasse o convite de meu irmão para sair à noite para comer alguém, convite que ele realizou muitas vezes. O maior prazer do meu irmão é sair para comer alguém, me disse Vega, o maior prazer dele e de seus amigos consiste em se sentar no bar, beber grandes quantidades dessa cerveja diarreica até atingir a imbecilidade completa, depois entrar numa boate e pular como primatas, e, por último, visitar um prostíbulo sórdido. Estas são as três etapas do sair à noite para comer alguém, o ritual que o mantém vivo, sua diversão máxima: estupidificar-se com a cerveja, suar pulando com o ruído selvagem de uma boate e o seu ar espesso, e babar de luxúria em um prostíbulo sórdido, me disse Vega. As três rigorosas etapas de sair para comer alguém que, uma noite, o meu irmão me levou para fazer. Só a alteração no meu humor causada pelo ruído das três televisões ligadas, pela inútil da mulher do meu irmão e pelos gritos das crianças estúpidas e perniciosas pode explicar que eu tenha aceito o convite de meu irmão para sair à noite e comer alguém, sabendo que nenhum convite de meu irmão passaria longe da vulgaridade e da cretinice. Me arrependerei o resto da vida por ter aceitado o convite de sair à noite, Moya, sofri a pior angústia possível, gastei praticamente todo o meu capital emocional, me disse Vega. Fomos eu, meu irmão e o seu amigo chamado Juancho. Primeiro passamos em uma cervejaria chamada La Alambrada, uma espelunca, de arrepiar os pelos, uma sala repleta de telas gigantescas penduradas na parede, uma verdadeira aberração, um local onde só se pode beber cerveja diarreica cercado de telas nas quais diferentes cantores, cada um mais abominável que o outro, interpretam melodias idiotas e estridentes. E o amigo do meu irmão, Moya, o tal Juancho, é um crioulo que fala pelos cotovelos, um crioulo proprietário de uma ferragem que jura ter bebido todo o álcool do mundo e ter dormido com todas as mulheres que passaram pelo seu caminho, me disse Vega. O crioulo mais exagerado e mitomaníaco que você pode imaginar, Moya, uma máquina de falar sobre si mesmo e de contar aventuras sobre si mesmo, um boneco falante que entorna cerveja atrás de cerveja enquanto narra suas delirantes proezas sexuais. Eu não estava preparado para aquilo: continuava com meu copo de água mineral obrigado a escutar, com um ouvido, a verborragia do crioulo e, com o outro, a voz estridente de uma mulher despenteada que se sacudia em uma das telas. Mas o crioulo se impunha com seus urros, e, ao passo que bebia mais cerveja, seus relatos sobre seus porres e suas aventuras sexuais ficavam mais obscenos. Um crioulo realmente repugnante, Moya. E estúpido como poucos: ficou insistindo que eu deveria tomar uma cerveja, que não era possível ficar bebendo apenas água mineral. Perdi a conta de quantas vezes expliquei que não bebia cerveja, muito menos aquela cerveja Pilsen asquerosa e diarreica que eles bebiam, minha colite só me permitia tomar duas doses de bebida, uísque, de preferência, mas nessa cervejaria chamada La Alambrada não vendiam nada além dessa cerveja asquerosa e diarreica. Um crioulo que tinha um cérebro de amendoim e não aceitava a ideia de que alguém não quisesse tomar essa porcaria que ele tomava, me disse Vega. Repugnante, Moya, aquele sujeito contou suas delirantes aventuras sexuais uma depois da outra, com todas as prostitutas de todos os puteiros de San Salvador. Mas o mais preocupante eram os quatro sujeitos que se encontravam na mesa ao lado, os sujeitos mais sinistros que vi em toda minha vida, Moya, quatro psicopatas com o crime e a tortura estampados na testa bebiam cerveja na mesa ao lado, uns sujeitos com os quais você precisa realmente tomar cuidado, eram tão sanguinários que olhar para eles por mais de um segundo era muito arriscado, me disse Vega. Adverti o crioulo para que não falasse tão alto, que essas belezas ao lado já o encaravam com o cenho franzido. Temi que ocorresse uma tragédia, Moya, porque esses psicopatas com certeza carregavam granadas que sonhavam em atirar debaixo da mesa de um trio de pessoas como nós, eu tinha certeza de que, naquele momento, esses criminosos acariciavam as granadas que, a qualquer momento, atirariam por baixo da nossa mesa, porque, para esses psicopatas ex-soldados e ex-guerrilheiros, as granadas são seus brinquedos favoritos, não há dia em que um desses assim chamados "militares de licença" não lance uma granada contra um grupo de pessoas que o incomoda, na verdade esses criminosos ex-soldados e ex-guerrilheiros carregam suas granadas só esperando a menor oportunidade para lançá-las contra pessoas como esse crioulo que não parava de contar, aos brados, suas inusitadas aventuras sexuais, me disse Vega. Pedi mais de uma vez para que falasse mais baixo, Moya, mas o crioulo só se acalmou quando se virou para olhar os psicopatas que estavam prestes a nos lançar uma granada, como fazem diariamente nas cervejarias, em boates e até mesmo na rua, onde resolvem suas diferenças puxando o pino de uma granada, onde os tais militares em licença se divertem como crianças com as granadas que lançam entre gargalhadas em um imbecil como esse crioulo, me disse Vega. Por sorte, logo trocamos a cervejaria por uma boate chamada Rococó, na segunda etapa daquilo que meu irmão e seus amigos denominam sair à noite para comer alguém. Era um salão escuro, com luzes ofuscantes que de repente piscavam no teto, um lugar onde o ar rarefeito apenas circulava, um salão que retumbava com um ruído infernal e que no centro tinha uma pista de dança cercada por mesas e cadeiras praticamente incrustadas no piso. Um lugar opressivo, feito para loucos e surdos que gostam da escuridão e do ar espesso. Comecei a suar e a sentir que minhas têmporas palpitavam, como se a pressão sanguínea tivesse subido descontroladamente e minha cabeça estivesse a ponto de explodir, me disse Vega. E, no meio daquele barulho desesperador, fomos até o balcão para pedir a bebida que tínhamos direito por ter pago a consumação, e, enquanto procurávamos uma mesa, notei que o crioulo não tinha parado de falar um só segundo, sua voz lutava para se impor sobre o ruído estremecedor que ameaçava demolir o salão. Bebi meu uísque em um só gole, esperando que a bebida ajudasse a diminuir a palpitação das minhas têmporas, mas só serviu para me fazer suar mais profusamente e aumentar minha sensação de claustrofobia. Não tolero esses lugares fechados, escuros, ruidosos e asfixiantes, Moya, e menos ainda junto de um crioulo que aos gritos repetia a mesma história sobre suas extraordinárias aventuras sexuais, me disse Vega. Minha resistência nervosa estava se enfraquecendo. Uma dúzia de casais saracoteava pela pista de dança; apenas conseguia distinguir suas silhuetas por causa das luzes estrambóticas e dos flashes ofuscantes do teto. Meu irmão comentou que a boate estava bastante vazia, não era uma boa noite, quase não havia mulheres sozinhas; o crioulo prontamente relatou todas as vezes que ele tinha agarrado uma mulher linda naquele lugar, todas as vezes que, logo depois de dançar com elas na boate, levava essas mulheres maravilhosas até um motel; para dizer a verdade, sempre que tinha ido a essa boate, conseguia agarrar uma garota, era o que gritava o crioulo, me disse

Vega. Comecei a me sentir enjoado, Moya, como se estivesse sem ar, e falei isso ao meu irmão, que me sentia um pouco mal, não estava bem naquele lugar, que deveríamos ir a um lugar menos angustiante. Tive que gritar para que ele me escutasse, quase perco a garganta para conseguir falar entre o ruído ensurdecedor da batida da música e os gritos do crioulo. Meu irmão me pediu para aguentar mais um pouco, para ver se apareceriam mais garotas, seria um desperdício sair da boate tão cedo, foi o que me disse, mas eu estava desesperado, temia que, a qualquer momento, tudo começasse a girar e eu desmaiasse, por isso falei que ele não se preocupasse, eu tomaria um táxi até em casa, ele e o crioulo podiam continuar até a hora que quisessem. Então o meu irmão interveio, falou que eu não poderia abandoná-los daquele jeito, foi assim que disse, Moya, "abandoná-los", que, se eu chegasse sozinho em casa, sua mulher suspeitaria do pior, pediu que eu esperasse mais uns cinco minutos, não mais do que isso, podia descansar um pouco no carro, e em seguida iríamos para um lugar menos fechado. E foi o que fiz, me disse Vega. Mas, quando o meu irmão me entregou a chave do carro, adverti que só o esperaria por cinco minutos, nem um segundo a mais, lembrei-o de meu profundo apreço pela pontualidade, que, se ele não aparecesse em cinco minutos, deixaria a chave com o segurança da boate e iria de táxi para casa. Odeio pessoas impontuais, Moya, não há nada pior do que a impontualidade, acho impossível lidar com pessoas impontuais, não há nada mais irritante do que lidar com seres impontuais. Se você não tivesse chegado às cinco em ponto da tarde, tal como combinamos, juro que não teria te esperado, Moya, apesar de gostar de ficar aqui entre as cinco e as sete da tarde, bebendo meus dois uísques, eu sacrificaria esse momento de sossego, não o aguardaria, porque se você tivesse se atrasado, isso perturbaria por completo a possibilidade de termos uma conversa construtiva, Moya, o seu atraso teria distorcido totalmente a impressão que tenho de você, e eu o colocaria no mesmo instante na categoria mais indesejável de todas, a categoria das pessoas impontuais, me disse Vega. Assim que saí da boate, caminhando pelo estacionamento ao ar livre, me senti melhor, ainda que o atordoamento continuasse por mais um tempo. Entrei no carro, no banco do carona e recostei o assento. A boate fica quase no fim da rua Escalón, em um centro comercial. Quando havia passado dois minutos e eu começava a relaxar graças ao silêncio do estacionamento e à vista panorâmica da cidade, de repente sofri um intenso ataque de ansiedade, como se estivesse prestes a ser assaltado, um ataque de ansiedade aterrador que me obrigou a olhar ao redor em busca de malfeitores e bandidos que me atacariam, me disse Vega, um ataque de ansiedade estarrecedor, como se o perigo estivesse logo ali, a poucos passos, me espionando, prestes a se transformar em um grupo de delinquentes que me encheriam de balas para roubar o carro do meu irmão, um Toyota Corolla do último modelo, que meu irmão cuida melhor do que a si mesmo. Foi um pânico repentino,

Moya, um pânico absoluto, paralisante, porque os bandidos deste país matam sem nenhum motivo, pelo puro prazer do crime, matam mesmo se você não reagir, mesmo se você entregar tudo o que pedirem, diariamente matam sem nenhum propósito além do prazer de matar, me disse Vega. É o caso da senhora de Trabanino, o caso que aparece o tempo todo nos noticiários. Incrível, Moya: um bandido a surpreendeu enquanto ela estacionava o carro na garagem de sua casa, e a obrigou a entrar na sala para matá-la frente às suas filhas pequenas. Incrível, Moya, o bandido a mata por puro prazer em frente às crianças, um bandido que não rouba nada, só quer matar. Um caso horrível, Moya. Eu não teria prestado atenção no caso, mas a mulher do meu irmão ficou três dias falando apenas do caso da senhora de Trabanino, três dias me arruinou as refeições com o seu discurso sobre o assassinato da senhora de Trabanino, três dias indignando-se e bolando hipóteses sobre as causas do crime, quando o que acontece, na verdade, com a mulher de meu irmão, é que a sua doença mental fica estimulada, pois a senhora de Trabanino pertencia ao grupo de pessoas da alta sociedade que aparecem nas colunas sociais que a mulher de meu irmão lê com tanto prazer, é porque a sua doença mental ficou estimulada com a notícia de que a criatura não parou quieta e ficou falando do assassinato da senhora de Trabanino, me deixando paranoico com a criminalidade absurda que assola este país, me disse Vega. Por isso, os cinco minutos que passei dentro do carro de meu irmão pareceram eternos, Moya, e os últimos três minutos nos quais o pânico me tomou de refém foram horrorosos, uma experiência desgastante, algo que não desejo a ninguém, ficar trancado em um Toyota Corolla à espera de um grupo de bandidos que vão te matar para roubar o carro, porque não podem roubar sem matar, com certeza matar é o que lhes dá prazer, e não apenas roubar, como demonstra o caso da senhora de Trabanino, me disse Vega. Estava quase saindo correndo do carro, tamanho era o meu pânico, para me proteger na porta de entrada da boate, mas logo concluí que, ao sair do carro, correria mais riscos de ser baleado, por isso fiquei ali, tiritando, com uma taquicardia horrível, encolhido no assento, fingindo que dormia, contando cada segundo, odiando profundamente o meu irmão e seu amigo crioulo, culpados pelo meu estado, me disse Vega. Como os habitantes desse país gostam de viver aterrorizados, Moya, que gosto mais mórbido, viver sob o regime do terror, que gosto mais pervertido, passar do terror da guerra ao terror da delinquência, um vício patológico desse povo, um vício mórbido o de fazer do terror seu estilo de vida. Por sorte, meu irmão e o crioulo chegaram logo em seguida. Entraram no carro rindo, comentando sabe-se lá de qual mulher, e até se atreveram a reclamar de mim, dizendo que, por minha culpa, não tinham agarrado duas garotas que estavam entrando na boate. Então engatamos a terceira etapa daquilo que meu irmão e seus amigos chamam de "sair à noite para comer alguém", partimos em direção a La Rábida, um bairro que há vinte anos era uma velha zona residencial de classe média, um velho bairro que se transformou em uma zona de meretrício onde há dezenas de bares e prostíbulos de péssimo nível. Meu irmão e o crioulo estavam alegres, com a barriga cheia de cerveja, falando descoordenadamente, os dois ao mesmo tempo, sem se escutar, como se cada um quisesse demonstrar para si algo relacionado à sua virilidade e audácia. Mas eu só prestava atenção ao fato de que em todas as frases incluíam a palavra "bosta", me disse Vega. Nunca vi pessoas com mais excremento na boca do que as deste país, Moya, não é à toa que a palavra "bosta" é a principal muleta de linguagem, não têm outra palavra na boca além de bosta e seus derivados: bostíssima, bostear, bostona. Incrível, Moya, quando você os observa a distância, uma palavra que designa excremento, uma palavra vulgar e asquerosa que significa uma porção de excremento humano que sai de uma só vez, o sinônimo mais podre de cocô é o que meu irmão e seu amigo crioulo mais falam, me disse Vega. Detesto, em especial, que um crioulo chamado Juancho que acabei de conhecer me chame assim com familiaridade, detesto, em especial, que um dono de ferragem crioulo que acabo de conhecer fale sem parar a palavra "bosta", que me chame de bosta como se eu fosse um monte de fezes. É horrível, Moya, só nesse país pode acontecer algo semelhante, só neste país as pessoas se consideram um monte de fezes, e só o meu irmão e seu amigo dono de ferragem crioulo poderiam pensar em me chamar constantemente de bosta, com a maior familiaridade, estando chumbados por causa da cerveja diarreica que beberam compulsivamente, indo a um bordel para completar a terceira parte do que chamam de sair à noite para comer alguém, me disse Vega. O bordel se chama O Escritório, Moya, é o antro favorito do meu irmão, prova de que esse sujeito, até na hora de exercer seus prazeres vulgares, precisa se sentir em um escritório, como se o fato de que ele se sente em um escritório tirasse a sordidez daquilo. Você não imagina, Moya, a náusea que senti quando entramos no bordel chamado O Escritório, nunca tinha sentido uma náusea tão forte, só o bordel O Escritório foi capaz de me causar uma contração vital daquele nível, a náusea mais abominável que senti em toda a minha vida. Há 22 anos não entrava em um bordel, Moya, desde o último ano do colégio, você se lembra? Espantoso. Entrar de novo em um bordel depois de tantos anos só serviu para mexer nas minhas lembranças mais podres, a memória de uma experiência que eu achei que estava enterrada, de uma experiência suja e degradante que demorei muito tempo para conseguir esquecer. O comércio sexual é a coisa mais asquerosa que pode existir, Moya, nada me causa tanto nojo quanto o comércio carnal, o sexo em si já é viscoso e propenso a mal-entendidos, e atinge profundidades abomináveis no comércio, uma prática que lhe corrói o espírito de maneira fulminante. Mas, para o meu irmão e seu amigo crioulo, essa corrupção espiritual representa a maior fonte de prazer e diversão, me disse Vega. Juro que só de entrar no local tive que caminhar com muito cuidado, Moya, cuidando para não escorregar naquele sêmen cristalizado sobre o piso de lajota. Não estou mentindo, Moya, o antro fedia a sêmen, o antro tinha sêmen por tudo: colado nas paredes, untado nos móveis, cristalizado sobre o piso de lajota. A náusea mais devastadora da minha vida, a mais forte e horrível, senti ali, no Escritório, um antro repleto de mulheres sebosas que deslizavam com seus corpos purulentos pelos corredores e salas, mulheres purulentas e cansadas que se esparramavam pelos sofás e poltronas com suas carnes cobertas pelos mais diversos suores, me disse Vega. E lá estava eu, Moya: na vertigem da náusea, sentado na ponta de uma cadeira, com o rosto contraído de nojo, evitando entrar em contato com o sêmen nos sofás e nas paredes, evitando deslizar pelo sêmen cristalizado no piso de lajota, enquanto o meu irmão e seu amigo crioulo intimavam da maneira mais rude um par de mulheres sebosas que, a essa altura, já tinham sido inoculadas de sêmen e suor até a exaustão. Incrível, Moya, meu irmão e seu amigo, o dono de ferragem crioulo, continuavam se entupindo de cerveja, felizes, refestelando-se nas excreções dessas mulheres, negociando para conseguir o melhor preço para irem a uma cama putrefata onde se comportariam da forma mais obscena, me disse Vega. Horrendo, Moya. Nunca tinha visto mulheres mais lamentáveis, mulheres que consideram a sordidez o seu habitat, gordas sebosas emporcadas com o sêmen de sujeitos que transformaram a sordidez no seu prazer mais íntimo e desejado. O bordel mais triste que você pode ser capaz de imaginar, Moya, onde não impera outra sensação além da sordidez, onde nem as gargalhadas e os cochichos escapam da sordidez que permeia tudo, que se impõe sobre tudo, me disse Vega. Teve uma hora, Moya, que não consegui mais conter a náusea, quando uma dessas sebosas se aproximou para conversar, com a intenção de me convencer a comprar uma parte de sua sordidez. Fiquei de pé imediatamente, Moya, e fui procurar o banheiro, caminhando com muito cuidado, para não escorregar e cair sobre o sêmen cristalizado no piso de lajota. E então me deparei com o pior, Moya: aqueles eram os banheiros mais imundos que vi em toda a minha vida, juro, nunca vi tanta imundície concentrada em um espaço tão pequeno, me disse Vega. Consegui tirar do bolso um lenço para tapar o nariz, mas foi tarde demais, Moya, ao concentrar minhas energias na tarefa de não cair no charco de sêmen e urina, acabei entrando sem defesa nesta câmara de gases podres, e quando consegui pegar o lenço já era tarde demais. Vomitei, Moya, o vômito mais imundo de minha vida, vomitei da maneira mais sórdida e nojenta possível, porque eu era um sujeito que vomitava sobre um vômito, porque esse bordel era um grande vômito salpicado de sêmen e urina. Realmente indescritível, Moya, ainda fico com o estômago embrulhado só de lembrar. Saí do banheiro cambaleante com a firme decisão de abandonar imediatamente aquele antro, sem me importar com o que o meu irmão e seu amigo crioulo diriam, com a decisão definitiva de entrar em um táxi e ir para a casa de meu irmão, me disse Vega. E então aconteceu algo absurdo, inverossímil, o fato que me fez entrar em uma espiral delirante, na angústia mais extrema que você pode imaginar: meu passaporte, Moya, eu tinha perdido o meu passaporte canadense, não estava nos meus bolsos, isso era a pior coisa que poderia me acontecer, perder o meu passaporte canadense em um bordel imundo em San Salvador. O terror me dominou, Moya, o terror puro e paralisante: enxerguei-me preso nesta cidade para sempre, sem poder retornar a Montreal; enxerguei-me outra vez transformado em um salvadorenho que não tem outra escolha além de vegetar nessa imundície, me disse Vega. Eu carregava o passaporte canadense no bolso da camisa, tinha certeza absoluta, e agora ele não estava mais lá. Eu tinha perdido meu passaporte, Moya, meu passaporte canadense tinha caído com algum movimento brusco, não me dei conta na hora que isso aconteceu. Era horrível, Moya, um pesadelo assombroso. Corri de volta para os banheiros, onde recém havia vomitado, sem me importar com o risco de cair sobre o sêmen cristalizado nas lajotas, sem me importar com o charco de urina e vômito, nem com aquele fedor nauseabundo. Mas o meu passaporte canadense não estava lá, Moya, e não era possível que tivesse caído dentro da privada sem que eu me desse conta. Procurei entre os papéis sujos de fezes, entre o charco de urina e vômito, mas meu passaporte não estava em lugar algum. Saí do banheiro completamente louco. Fui contar a desgraça ao meu irmão e seu amigo crioulo. Era imprescindível que voltássemos naquele mesmo instante à boate Rococó e ao bar La Alambrada. O passaporte canadense é a coisa mais valiosa que tenho na vida, Moya, não há outra coisa que eu cuide mais do que meu passaporte canadense, na verdade, minha vida está assentada no fato de que sou um cidadão canadense, me disse Vega. Mas o crioulo dono da ferragem disse que eu não precisava ficar tão nervoso, provavelmente o passaporte estava no meu quarto na casa de meu irmão, eu podia ficar tranquilo. Respondi aos gritos, Moya, pedindo que ele não fosse imbecil, mas não estava falando com ele, estava exigindo que meu irmão largasse aquela gorda sórdida e sebenta e me ajudasse a recuperar o meu passaporte canadense. Estava fora de mim, Moya, você tinha que ter visto, meu desespero era tal que estive prestes a golpear esses dois imbecis, que menosprezavam o fato de que tinha perdido meu passaporte canadense, me disse Vega. Finalmente o meu irmão reagiu, Moya, e perguntou se não tinha caído no banheiro. Respondi que tinha procurado cuidadosamente entre os papéis sujos de fezes e nos charcos de vômito, urina e sêmen, mas meu passaporte não estava lá. Foi quando meu irmão falou para procurarmos dentro do carro antes de voltarmos à boate e ao bar. Senti que o meu mundo estava desabando, Moya, o Canadá não tem embaixada ou consulado em El Salvador, perdendo o meu passaporte, teria de viajar a Guatemala, realizar trâmites demorados, e minha estadia aqui seria interminável. Suo frio só de pensar nisso, Moya. Fomos procurar dentro do carro, apalpar os bancos e olhar debaixo dos assentos. Já estava no ápice do meu delírio, Moya, imaginava o pior: que o meu passaporte canadense tinha caído no bar ou na boate e que eu teria problemas enormes para conseguir um novo documento, me disse Vega. Eu suava, as minhas mãos tremiam, a histeria me deixava prestes a arrebentar. Gritei a meu irmão que o meu passaporte canadense não estava dentro do carro, deveríamos voltar imediatamente aos dois antros pelos quais passamos. Meu irmão me falou que ele procuraria, eu precisava me acalmar, não havia motivos para me preocupar, logo encontraríamos o meu documento. Um imbecil desses, Moya, pedindo que me acalmasse. Eu me afastei para que ele procurasse na parte da frente do carro, me disse Vega. Estava prestes a estourar, meus nervos não aguentavam mais, prestes a urrar e bater em alguém porque tinha perdido o passaporte canadense e a culpa era do meu irmão e desse crioulo, por ter aceitado o convite desses seres sórdidos para sair à noite e comer alguém, estava prestes a estourar quando meu irmão deu um grito de alegria: "Encontrei." E lá estava, Moya, a mão de meu irmão me alcançando o passaporte canadense, o sorriso idiota do meu irmão por trás da mão com o passaporte canadense, que tinha caído sem que eu percebesse quando entrei no carro para fugir da asfixiante discoteca onde o crioulo dono de ferragem havia me deixado tonto com sua verborragia ao relatar suas aventuras sexuais extraordinárias, me disse Vega. Agarrei o passaporte de sua mão e, sem falar uma palavra, sem nem olhar para eles, corri até um táxi estacionado alguns metros adiante. Saí dali como se estivesse sendo perseguido pelo diabo, Moya. E não consegui me acalmar antes de entrar no quarto da casa de meu irmão e entrar debaixo dos lençóis com a certeza de que meu passaporte canadense estava seguro sob o travesseiro, me disse Vega. O pior susto de minha vida, Moya. Inclusive, durante o trajeto entre o bordel e a casa de meu irmão no táxi, fiquei folheando meu passaporte canadense, constatando que aquela pessoa na foto era eu, Thomas Bernhard, um cidadão canadense nascido, 38 anos atrás, em uma cidade asquerosa chamada San Salvador. Isso eu não contei, Moya: não apenas mudei de nacionalidade como também mudei de nome, me disse Vega. No Canadá, não me chamo Edgardo Vega, um nome horrível, por sinal, um nome que para mim só me faz recordar o bairro La Vega, um bairro execrável onde me assaltaram quando eu era adolescente, um bairro antigo que nem sei se ainda existe. Meu nome é Thomas Bernhard, me disse Vega, um nome que peguei emprestado de um escritor austríaco que admiro e que, com certeza, nem você nem os outros imitadores dessa infame província conhecem.

San Pedro de los Pinos, Ciudad de México,
31 de dezembro de 1995 – 5 de fevereiro de 1996.

NOTA DO AUTOR*

---
*Nota do autor à 2ª edição.

Há dez anos, no verão de 1997, estava visitando a cidade da Guatemala, hospedado na casa de um amigo poeta, quando o telefone tocou de madrugada. Era a minha mãe, que me ligava de San Salvador: ainda assustada, me disse que tinha acabado de receber duas ligações telefônicas nas quais um homem ameaçador falou que me matariam por causa de um romance curto que eu tinha publicado uma semana antes. Com a boca seca pelo medo repentino e a certeza de que minha pressão arterial tinha disparado, perguntei se o sujeito havia se identificado. Ela respondeu que não, não havia se identificado, mas tinha sido bastante sério quanto às suas ameaças; ela me perguntou, alarmada, se, dadas as circunstâncias, eu ainda pensava em voltar ao país nos próximos dias, como havia planejado.

O romance que despertou tal ódio é este que agora está sendo reeditado. Eu tinha escrito o livro um ano e meio antes, na Cidade do México, como um exercício de estilo no qual pretendia imitar o escritor austríaco Thomas Bernhard, tanto na prosa, baseada em cadência e repetição, como na temática, que expressa uma crítica contra a Áustria e sua cultura. Com a fruição do ressentido que se separa, eu me diverti durante a escrita deste livro, no qual busquei realizar uma demolição cultural e política de San Salvador, da mesma maneira como Bernhard fizera com Salzburgo, com o prazer da diatribe e do resmungo. Não previ que as reações, inclusive de algumas pessoas queridas, fossem tão virulentas: a esposa de um amigo escritor jogou o seu exemplar pela janela do banheiro, indignada com as barbaridades que Edgardo Vega falava sobre as *pupusas*, o prato nacional de El Salvador.

Claro que não voltei a San Salvador. Liguei para alguns amigos de agências internacionais da imprensa para contar da ameaça; não houve quase cobertura do acontecimento na imprensa nacional, ainda que um colunista tenha afirmado que eu havia inventado as ameaças para promover o livro e que eu queria imitar Salman Rushdie. Continuei ganhando a vida como jornalista entre Guatemala, México e Espanha. Um colega mencionou a possibilidade de que as ameaças tivessem alguma relação com *Primera Plana*, um jornal semanal de curta existência (1994-1995), do qual fui diretor e no qual era muito crítico em relação às forças políticas recém-saídas da guerra civil, e imaginou que *Asco* era a gota que havia saltado para fora do vaso. Mas não adiantava especular. El Salvador não é a Áustria. E, em um país onde os seus próprios camaradas esquerdistas assassinaram em 1975 o mais importante poeta nacional, Roque Dalton, sob a acusação de ele ser agente da CIA, era melhor sair do que bancar o mártir.

O interessante é que *Asco* não sofreu o mesmo azar que eu. Alheio às ameaças e à minha ausência, o livrinho continuou sendo republicado anualmente em El Salvador, por uma pequena e corajosa editora, e, graças a uma dessas ironias do destino, chegou até a ser leitura obrigatória em uma universidade. Em pouco tempo, vários exemplares se espalharam pelos países vizinhos. Em mais de uma ocasião, em algum bar da Antiga Guatemala, San José de Costa Rica ou Cidade do México, conheci pessoas que expressaram sua admiração pelo livro e me sugeriam que eu escrevesse um "asco" sobre o seu respectivo país, isto é, um romance seguindo o estilo de Bernhard no qual criticasse de forma demolidora a sua cultura nacional. Claro que sempre recusei, dizendo que já tinha feito a minha parte e falei, sem perder a seriedade, que alguns países precisariam de muitas páginas para compor o seu "asco" e eu só escrevia romances curtos.

Dois anos depois das ameaças, no verão de 1999, voltei cuidadosamente para San Salvador por alguns dias, para ver minha família e realizar alguns trâmites. Em um restaurante encontrei um advogado, um velho conhecido, que trabalha em uma organização internacional de direitos humanos. "O que você está fazendo por aqui? Quer que matem você?", me perguntou com um gesto que não soube se era de preocupação ou de humor negro. Nos dias que se seguiram, visitei vários amigos, que, para a minha surpresa, afirmaram que eu tinha que escrever a continuação de *Asco*, porque o país estava pior do que nunca: a corrupção política, o crime organizado, as quadrilhas, a vida perdendo o valor...

Mas, então, meus planos literários já eram outros. Com *Asco*, eu tinha confirmado o que dizem: graças às suas obras, alguns escritores ganham dinheiro, outros ficam famosos, mas alguns só obtêm inimigos. Eu fazia parte deste último grupo desde a publicação de meu primeiro romance, *La diáspora*, no qual abordava o apodrecimento da esquerda revolucionária salvadorenha durante a guerra civil, e, para falar a verdade, estava cansado de pertencer a ele. Mas, como disse Robert Walser ao seu editor Carl Seelig: "Não se pode confrontar impunemente a própria nação." Por isso que, dez anos depois, apesar de ter publicado outros cinco romances com diferentes temáticas, livros nos quais não imito nenhum outro escritor, e apesar de nunca ter escrito essa segunda parte que alguns me pediam, para os salvadorenhos continuo sendo apenas e exclusivamente o autor de *Asco*. Como um estigma, este livrinho de imitação e suas sequelas me perseguem.

A *HAPPY HOUR* DE MOYA

por Adriana Lunardi

Bons modos podem dizer muito de um escritor, mas costumam ser criptonita para a literatura. Nossos melhores livros nascem de sentimentos ditos negativos, como a culpa, a indignação ou mesmo a nostalgia – que, por baixo da fantasia de ovelhinha, é uma recusa feroz ao tempo presente. Subestima-se o poder criador de um dia ruim, o motor inventivo da raiva. Não posso imaginar Miguel de Cervantes, também conhecido como *manco de Lepanto*, escrevendo por mera diversão quando tinha a cabeça o tempo todo a prêmio. A inconformidade leva à ação, e escrever é uma forma de agir. Por isso, ninguém autoproclamado feliz, contente com as circunstâncias de sua vida, se torna escritor.

Atravessada pelo mais bilioso dos sentimentos é a novela que acabo de ler. Se o título já punha diante dos olhos o potencial das páginas por abrir, não entregava a extensão de sua capacidade radioativa. Pedra sobre pedra tornou-se página a página um conceito antigo. O mundo para onde *Asco* nos leva é o da demolição. No lugar da fantasia romanesca, inculca-nos seu antídoto mais feroz: a consciência.

A premissa é simples. Dois amigos se encontram num bar, ao final da tarde, para beber e jogar conversa fora. Um deles, Vega, está de volta a El Salvador após um longo autoexílio no Canadá; viveu fora tempo suficiente para enxergar o país de origem sem a cortina de fumaça, a cegueira seletiva de que precisamos para sobreviver às mazelas do dia a dia. "Preciso dizer o que penso de toda essa imundície", diz ao seu interlocutor, um companheiro de mesa aparentemente (só aparentemente) silencioso, que atende por Moya, mesmo nome do autor de *Asco*.

Sem a intenção de desmontar o brinquedo para ver de que modo foi feito, é preciso lembrar que desde a Odisseia o tema do regresso é tratado como uma longa jornada de reconciliação. Aquele que volta, em nossa cultura, está reencenando a parábola do filho pródigo, que reconhece o seu erro e se arrepende de haver abandonado a casa paterna. Contrariando a longa tradição literária, o retorno de Vega, segundo ele, só serviu para confirmar o acerto de ter ido embora quase duas décadas antes. Tudo é repulsivo nesse país, afirma, a começar pela cerveja servida no bar.

Ao pé do ouvido, começamos a acompanhar um conjunto de diatribes debochadas, audazes e destemidas, escritas em parágrafo único, sem espaços em branco nem pausas para o leitor respirar. O texto é um monólito, um jorro. Um desabafo que não pode ser interrompido.

Os parâmetros ideológicos com que ler o mundo se intimidam ante a liberdade de um livre-pensador: eis o perfil de Vega. Ele não protege nada nem ninguém. Arqueamos o canto da boca num sorriso ante a crítica que faz ao uso excessivo de diminutivos na fala cotidiana, a suspeição quanto ao valor da culinária local e o desdém pela paixão pelo futebol. Até a revolução salvadorenha e seus 75 mil mortos (número estimado) não conseguiram mudar coisa alguma no país, assegura. "Onze anos de matança e sobraram os mesmos ricos, os mesmos políticos, o mesmo povo fodido e a mesma imbecilidade permeando o ambiente."

O registro de linguagem da novela, publicada originalmente em 1997, emula o relato oral. O texto posa, assim, de uma longa transcrição do que foi dito naquela tarde, à mesa de um bar. Moya, o narrador, permanece praticamente oculto, servindo de veículo para o que vem a público. Ele é só um conhecedor de técnicas redacionais que decidiu dar ordem ao que escutou, nada daquilo sendo fruto de lavra própria. Guimarães Rosa usou a mesma técnica em *Grande Sertão: Veredas*. No maior de nossos romances modernistas, conhecemos a tragédia amorosa de Riobaldo a partir da narração do jagunço a um jornalista, um sujeito letrado, capaz de dar valor e materializar em forma de livro a boa história que ouviu. Em uma operação parecida, Vega explicita os motivos do asco que sente, enquanto Moya finge apenas escutar. Desconfie sempre dos interlocutores silenciosos, caro leitor, eles estão ali para roubar as suas palavras.

Horacio Castellanos Moya, autor de *Asco*, tem uma biografia de feitio apátrida. O jornalista, nascido em Honduras, em 1957, mudou-se para El Salvador ainda na primeira infância. Jovem adulto, fugindo à guerra civil daquele país, exilou-se voluntariamente em Toronto, viveu na Costa Rica, México, Espanha e Alemanha. Atualmente, é professor da Universidade de Iowa, nos Estados Unidos.

Seu lugar no mundo é, de fato, a literatura.

A pequena novela que escreveu, e com a qual estreia agora no Brasil, tem por subtítulo *Thomas Bernhard em San Salvador*. A referência é quanto ao estilo tomado de empréstimo ao autor holandês que, em romances, critica duramente a Áustria, seu país de adoção, e os austríacos naquilo de que são mais ciosos em termos identitários. Ao modo de *Extinção*, de Bernhard, Moya não escreveu *Asco* com o intuito de fazer sonhar. Melhor recebida será a sua novela se o leitor rir, primeiro, para depois, e só depois, pensar.

Pergunto se seria justo classificar o livro na categoria de ficção. Embora a evidente carpintaria literária empregada em sua escrita, é fácil confundi-lo com um ensaio. *Asco* é mais conteúdo do que forma. Seu traçado realista contorna os bordos da prosa com o tino de desconstruir um delírio coletivo tomado como verdade, e nomear, uma a uma, as mentiras por trás da história de uma nação. Sua virtude maior, no meu entender, é a de compor um inventário brilhante de nossas (e aqui incluo toda a Ibero-América) mitologias nacionais, mal escritas desde o princípio, e que deixaram um legado desastroso, tanto à direita quanto à esquerda, com o qual cada geração tem de haver-se.

Antiépico ao extremo, *Asco* é uma pequena joia em forma de espinhos. Tem mais de piercing do que de berloque, e o efeito de sua leitura, longe de reproduzir o sentimento que tematiza, deixa-nos irremediavelmente de frente para a lucidez. Não há nada que faça voltar a inocência perdida.

Tenha sido ou não motor da escrita, desconfio que o autor de *Asco* seja íntimo desse desconforto a um só tempo físico e metafórico, criador de dispepsias e também de livros (uma alquimia típica, afinal, de quem arde no fogo do ofício). O espaço curto entre aquele que narra e o dono da voz ativa não foi estabelecido sem intenção. Em Vega, está o sussurro de Horacio Castellanos Moya. Em Moya, o que escuta, estão os ouvidos do leitor. Todos cúmplices de uma mesma experiência literária.

De minha parte, enquanto repasso a lista recitada pelo protagonista, indago o que nela acrescentaria se houvesse uma versão verde-amarela de *Asco*. Não seria poupada, certamente, da larga desaprovação e da fúria patriota que tornou inviável, depois da publicação, a visita de Moya ao país onde cresceu.

Maus modos costumam assanhar a ira de fundamentalistas, mas seguem sendo a pedra de toque da boa leitura. Para quem não acreditava em uma função da literatura, eis a prova de que ela foi reencontrada.

Este livro foi impresso na Intergraf Ind Gráfica Ltda,
R. André Rosa Coppini, 90 - S. Bernardo - SP
para a Editora Rocco Ltda.